BVT

»Eine dicke Frau rempelte mich an: ›Maids only!‹ Lautes Gelächter im Trockensalon. In meinem unbeholfenen Zulu sagte ich, sie solle mich in Ruhe lassen. Noch ein Schubs. Ein kräftiger. Zanele zog mich weg. Ich solle lieber gehen. »Du gehörst hier nicht hin«, flüsterte sie. Es war mein erster Sommer in diesem Land. Naiv, wie ich war, blieb ich dennoch stehen; ich war überzeugt, dass mir nichts passieren würde.«

Gleich nach Abschluss ihres Medizinstudiums zieht Joni aus den Niederlanden nach Südafrika, um als Ärztin zu arbeiten. In Zanele, einer Zulu, findet sie eine Freundin, die ihr ein Land von unvergleichlicher Schönheit zeigt. Aber bald muss Joni einsehen, dass sie ihr altes Leben, die Auseinandersetzungen mit ihrem Freund und ihren Eltern nicht abstreifen kann, und dass das neue sie mitten hinein in die politischen Wirren eines fremden Landes führt …

Ariëlla Kornmehl, 1975 geboren, lebt in Amsterdam, wo sie Philosophie studierte. Sie verbrachte mehrere Jahre in Johannesburg. 2001 erschien in den Niederlanden ihr Debütroman *Huize Goldwasser*, mit dem sie Publikum und Kritik begeisterte.

Ariëlla Kornmehl

Der Schmetterlingsmonat

Roman

Aus dem Niederländischen
von Marianne Holberg

Berliner Taschenbuch Verlag

August 2008
BvT Berliner Taschenbuch Verlags GmbH, Berlin
Die Originalausgabe erschien 2005 unter dem Titel
De Vlindermaand
bei Uitgeverij Cossee, Amsterdam

Bloomsbury Berlin
Umschlaggestaltung: Rothfos & Gabler, Hamburg,
unter Verwendung eines Bildes von © Corbis
Druck und Bindung: Clausen & Bosse, Leck
Printed in Germany
ISBN 978-3-8333-0514-6

www.berlinverlage.de

»GOD IS A DJ«

Faithless

Für meine beiden Mädchen
Laila und Emma

I

Zwei Fußsohlen streckten sich mir entgegen. Sie hatte mich nicht hereinkommen hören. Kopf und Oberkörper unterm Bett, kniete sie auf dem Boden.

»Zanele?«

Zanele richtete sich erschrocken auf und lächelte, doch ihre Augen verrieten nichts.

»Armband von dir, lege ich unter Bett.«

Erstaunt sah ich sie an. So war das nicht gemeint, sie sollte es tragen.

»Ich bewahre auf. Wenn ich nicht mehr kann warten, werde ich tragen.«

Nachdem sie das Armband verstaut hatte, gingen wir zusammen auf dem Steinplattenweg von ihrem Zimmer zum Haus, in die Küche.

Sie zog sich die Schürze über den Kopf und band sie auf dem Rücken zu. Ihr Körper bewegte sich geschmeidig durch die Küche. Ich schaute ihr gern bei den Vorbereitungen zu. Es war die halbe Stunde des Tages, in der wir uns unterhielten.

Systematisch legte sie die Zutaten auf der Anrichte bereit. Sie hatte Zuckererbsen geholt, sie wollte, dass ich mehr Gemüse aß. Die Hähnchenfiletstücke in der Hand, blickte sie mich an. »Kräuter?«

Ich nickte. Wie ein kleines Kind saß ich auf dem frei gebliebenen Teil der Anrichte. Meine Beine baumelten, und ich stützte mich auf die Hände, während Zanele einen Teller, ein Weinglas, Besteck und eine Serviette aus dem Schrank holte.

Wieder fragte ich sie, ob sie heute Abend mit mir zusammen essen wolle, aber sie aß lieber in ihrem Zimmer.

Später am Abend klopfte sie leise an die Tür meines Arbeitszimmers. Ich ließ die Tür immer offen, dennoch klopfte Zanele stets an, als wäre sie geschlossen. Ich hatte einen Stapel Briefe auf dem Esstisch liegen lassen, mit dem sie mir jetzt von der Tür aus winkte.

»Was in Buch?«, fragte sie, wie bei jedem Buch, das ich las.

»Ach … Briefe, ich habe noch nicht angefangen.«

»Briefe? Nicht spannend«, sagte sie.

Inzwischen wusste ich genau, was Zanele liebte. Sie wollte, dass ich ihr die Geschichten, die ich gelesen hatte, erzählte. Ich las für zwei. Meinen Vorschlag, ihr das Lesen beizubringen, hatte sie drei Jahre zuvor strikt abgelehnt. Sie hatte mit dem Zeigefinger auf mich gewiesen. »Du für mich lesen.«

Die Hände um den langsam warm werdenden Wasserkocher gelegt, wartete ich. Es war noch früh. Zanele kam in die Küche und zog sich die Wollmütze vom Kopf. Den ganzen Morgen über, jeden Morgen, hatte sie diese Mütze in einer ihrer Taschen stecken, schließlich wusste sie nie, wann sie sie brauchen würde. Wir wünschten uns einen guten Morgen. Ich spürte, dass sie mich anblickte. Ich trug Unterwäsche und ein ärmelloses Shirt, und ich nahm einen Becher, um etwas Nescafé hineinzuschütten. Zanele stellte sich hinter mich.

»Zu dünn, Joni.«

Es war gegen sieben, wirklich zu früh, um über so etwas nachzudenken.

»Doch wach, eh?«

Ja, ich war wach, aber ich konnte mich noch nicht aufraffen, auf ihre Bemerkung einzugehen. Ich goss das kochende Wasser über das Kaffeepulver.

»Auch essen«, sagte sie.

Ich schüttelte den Kopf.

Zanele wollte, dass ich frühstückte. Ein paarmal pro Woche versuchte sie, dies zu erreichen, indem sie etwas für mich bereitstellte. Aber ich mochte nichts. Erst abends gegen sieben, wenn ich wieder nach Hause kam, hatte ich Appetit. Ich aß nur eine Mahlzeit am Tag.

Zanele erledigte die Besorgungen im nächsten Dorf. Wenn ich etwas Besonderes brauchte, sagte ich es ihr. Manchmal begriff sie nicht genau, was ich meinte, oder sie konnte sich den Titel eines Buches nicht merken. Dann gab ich ihr einen Zettel mit.

Wenn ich nicht arbeitete, las ich. Dann war ich allein. Oder mit Zanele zusammen. Ich hatte mich an sie gewöhnt, es war, als gehörte sie ein bisschen zu mir. Was natürlich Unsinn war. Niemand gehörte zu mir.

Eines Tages würde ich ihr erzählen, was mich an diesen Ort gebracht hatte.

Sie musste es erfahren.

Sie trug eine dunkelblaue Wollmütze und klopfte dreimal an die große Holztür. Ich wusste damals noch nicht, dass man hier immer Mützen trägt, selbst bei brütender Hitze. Warum man den Kopf immer bedeckt, ist mir nie klar geworden.

Ich fragte sie, wer sie sei und was sie von mir wolle, und

sie stellte eine Gegenfrage. Ob sie hereinkommen dürfe. Da mir ohnehin nichts mehr passieren konnte, sagte ich, dass ich mir fünf Minuten Zeit für sie nehmen könne. Als kennte sie den Weg, ging sie ins Wohnzimmer und sagte, weshalb sie gekommen sei. Ohne mich anzublicken, erzählte sie in einem Gemisch aus Afrikaans, unbeholfenem Englisch und ein paar Wörtern aus einer afrikanischen Sprache, sie habe gehört, eine allein stehende Frau würde jetzt in diesem Haus wohnen. Diese allein stehende Frau, das war ich.

Sie sei nicht allein, sie habe Kinder, aber kein Haus und sei *platsak.* Ich begriff nicht sofort, was Zanele meinte, aber sie erklärte mir, dass sie bei mir wohnen und für mich sorgen wolle. Ich kam mir gleich wie eine alte Frau vor. Als Gegenleistung wolle sie, dass ihre Kinder zu essen hätten.

Sie blieb an diesem ersten Nachmittag eine Stunde. Die Vorstellung, jemand würde nach dem Rechten sehen, wenn ich krank war oder Angst hatte, hatte etwas für sich. Ich sagte, sie solle ruhig auch ihre Kinder kommen lassen, dann werde man sehen, wie sich das anlasse. Zanele strahlte.

Ich fragte sie, wo ihr Sohn sei. In der vergangenen Woche hatte ich ihn nicht gesehen. Zanele reckte sich und wedelte mit der rechten Hand hoch über ihrem Kopf. Ich begriff, dass Mbufu endlich wieder einmal nach Norden gegangen war. Irgendwo im Norden, in einem kleinen Dorf, das in einem Flusstal lag, wohnte der Mann, von dem Zanele glaubte, er sei Mbufus Vater. Zum dritten Mal erst ging Mbufu dorthin. Sie hatte schon einmal von dem Mann irgendwo im Norden erzählt, auch da hatte sie mit der rechten Hand hoch über ihrem Kopf gewedelt und betont, er habe nichts mit ihrer kleinen Shanla zu tun.

Äußerlich ähnelten die Kinder einander, mit ihren langen Armen und Beinen, und sogar darin, wie sie beim Gehen die Füße setzten. Aber Shanla wollte lernen, sie war neugierig und machte gute Fortschritte. Mbufu dagegen war träge. Träge wie so viele Menschen hier. Er lag oft einfach auf der Straße. Er lag auf der Straße und wartete, ohne zu wissen, worauf.

Shanla konnte schon ein bisschen schreiben, und auch das Lesen ging gut. Aber mehr als einen Abend in der Woche verwandte ich nicht darauf. Ich musste arbeiten, die Krankenakten des Tages auf den letzten Stand bringen. Shanla freute sich über jede Minute. Wenn ich zu Hause arbeitete, selten einmal tagsüber, hörte ich sie manchmal mit diesem einen Buch üben. Bis mittags, dann ging sie meistens zum Spielen nach draußen. Dann suchte sie die anderen Mädchen aus der Nachbarschaft. Sie konnten lange spielen, ohne sich zu langweilen. Meistens ohne Spielzeug.

Sie dachten sich ihre eigenen Spiele aus. Shanla versuchte, alles zu fangen, was umherflog. Bis auf Schmetterlinge, weil sie die zu schön fand. In der einen Hand ein Marmeladenglas, in der anderen den Deckel, rannte sie hinter den Insekten her. Wenn sie es endlich geschafft hatte, eines zu fangen, ließ sie es sofort wieder frei. Ich begriff den Spaß an der Sache nicht.

»So wie Sportfischen?«

Sie verstand nicht, wovon ich sprach. Fische hatte sie noch nie gesehen.

Im Sommer rannten sie unglaublich schnell durch den morastigen Garten und jagten hinter Ratten her. Ich wollte nicht, dass Shanla den ekligen Tieren so nahe kam, das hatte ich ihr schon oft gesagt. Sie hörte nicht darauf, das Spiel gefiel ihr einfach zu gut. Wenn es in der Nacht geregnet hatte, hoffte sie, dass eine Ratte zum Haus käme, um Wasser zu trinken. Über die erste Ratte, die ich aus einer Wasserpfütze neben der Küchenwand trinken sah, erschrak ich fürchterlich. In panischer Angst rief ich Zanele, die gemächlich herankam.

»Sie sind überall«, sagte sie, um mich zu beruhigen. Mir wurde immer beklommener zumute.

»Genau wie Menschen.«

Erstaunt blickte ich sie an.

Zanele lächelte. »Auf die Straße gehen, Hunger haben, Babys machen, töten.«

Ob sie sich eine CD anhören dürfe, fragte Shanla. Während die glänzende Scheibe in den Player glitt, setzte sich Shanla auf den Fußboden. Wie oft hatte ich ihr schon gesagt, dass sie sich auf das Sofa setzen solle, aber sie hörte nicht auf mich. Als sie Stimmen und Musik vernahm, fragte sie, ob denn keine Trommel dabei sei.

Ich schüttelte den Kopf. Sie zog ein Gesicht.

Ich ging wieder an die Arbeit, ich musste noch eine Patientenakte durcharbeiten. Shanla fand, Trommeln seien notwendig, um Musik zu machen. Zanele hatte eine Trommel in ihrem Zimmer. Auf dieser einen Trommel spielten die beiden den Rhythmus Hunderter verschiedener Lieder.

Sogar abends nach dem Essen, wenn ich allein drinnen saß, hörte ich sie oft noch singen. Meistens schlug Zanele die Trommel, und Shanla sang mit. Sie hatten ein ganzes Repertoire. Vielleicht tanzte Shanla auch dazu, das wusste ich nicht, ich wollte auch nicht danach fragen.

Wir hatten zu Hause nie gesungen. Aber wann waren wir überhaupt zu zweit gewesen, Mama und ich? Nur montagnachmittags, zweimal im Monat, wenn ich Klavierstunde hatte. Dann fuhren wir nach der Schule zuerst zu Hause vorbei, um meine Geschwister abzusetzen.

Ich durfte vorn sitzen. Dann betrachtete ich Mama von der Seite, und nur dann, an diesen Nachmittagen, nahm ich wahr, wie sie aussah. Wie sich die schwarzen, langen Locken um ihr Gesicht legten und wie voll ihre Lippen waren. Als würden sie von einem schmalen Strich umrandet, der jedoch nicht mit einem Stift gezogen, sondern ein tieferes Rot in der Haut war.

Unterwegs setzte sie meist ihre Sonnenbrille auf, auch wenn die Sonne nicht schien. Dann drehte sie das Radio an. Wenn eine Melodie kam, die sie kannte, sang sie mit. Ich kannte die Melodie nie. Sie hörte aufmerksam zu, wenn Nachrichten gesendet wurden, und gab Kommentare ab, während das Radio weiterbrabbelte. Dabei schüttelte sie den Kopf oder kräuselte die Lippen. Manchmal fluchte sie jedoch so leise, dass ich es nicht verstand. Dann wurde ihr plötzlich bewusst, dass auch ich da war. Da saß sie, mit ihrer Sonnenbrille, der Sonnenbrille, die zur Form ihres Gesichts passte. Mein Gesicht hat andere Farben und weniger Ausstrahlung, aber die Form ist die gleiche.

Ein einziges Mal kam es vor, dass ich mit dem Fahrrad zur Klavierstunde fahren durfte. Dass ich mit dem Fahrrad fahren musste. Ursprünglich wollte sie das nie erlauben, sie fand den Weg zu lang, die Straße zu belebt. Dieses eine Mal, als ich allein hinfahren musste, hatte sie uns zwar von der Schule abgeholt, aber danach, als sie uns alle zu Hause abgesetzt hatte, sagte sie, es sei etwas Wichtiges dazwischengekommen. Auch ich musste aussteigen. Ich begriff nicht, was los war, es musste sehr wichtig sein, wenn ich die ganze Strecke auf der belebten Autostraße mit dem Fahrrad fahren durfte. Fahren musste.

Ich fragte nicht, was es war, ich nickte nur gehorsam, weil sie sagte, ich solle vorsichtig sein und die Hand ausstrecken, wenn ich abbiegen wolle, und dass ich vor allem bei der schmalen Brücke, an der Ecke bei der Musikschule, aufpassen solle. Bevor ich ausstieg, gab ich ihr einen Kuss auf die Wange und roch, dass sie Parfüm benutzt hatte. Sie sah so schön aus, sie trug den kurzen braunen Rock, dazu ihre dünnen braunen Strümpfe. Sie hatte bestimmt auch ihre braunen Schuhe mit den hohen Hacken an, aber das konnte ich nicht sehen, ihre Füße standen vor den Pedalen. Was hatte sie vor? War es geheim? War es etwas, das mit mir zu tun hatte? Sollte ich etwas geschenkt bekommen?

Ich hatte die Tür noch nicht zugeschlagen, als sie schon weiterfuhr.

Der Wind rüttelte an den Fenstern und riss mich aus meiner Konzentration. Es wurde dunkel. Zanele lief hastig ins Wohnzimmer, um die Fenster zu schließen. Sie hatte ihren formlosen Pullover angezogen und die Mütze aufgesetzt. Ein Unwetter, begriff ich. Ein starkes. Die Böen konnten hier so heftig sein, dass ich Angst bekam, Angst vor der Kraft des Windes und vor der Macht, die er über das Land hatte. Ich schloss die Tür, die aus meinem Arbeitszimmer zum Garten führte. »Licht an!«, rief Zanele. Das vergaß ich gelegentlich, das Licht musste an sein, damit wir den Stromausfall sofort bemerken würden. Den Computer schaltete ich aus. Innerhalb weniger Minuten fiel so viel Regen, dass ich das Wasser am Fuß der Hauswand steigen sah. Aber darüber machte ich mir keine Sorgen, ich wusste, die Morgensonne würde am nächsten Tag alles auftrocknen. Morgen, wenn die Schnecken, die mit dem Regen vom Himmel gefallen waren, wieder in aller Ruhe herumkriechen würden.

Nachdem das Licht ausgefallen war, holte ich zwei Kerzen. Zanele brachte mir einen Pullover. Es war der Pullover, den ich nicht gern trug, er kratzte.

An dem Abend kam sie in ihrem geblümten Nachthemd mit einer brennenden Kerze in der Hand herüber und sang dabei eine kleine Melodie. Ich wollte ihr sagen, dass ich mich fürchtete, die ganze Nacht ohne Strom, im Dunkeln, so allein. Aber ich sagte nichts.

Auf der flachen Hand trug sie einen Teller mit zwei Scheiben Marmeladenbrot. Ich hätte gern Tee dazu gehabt. Ich bat sie, einen Augenblick zu warten, noch einen Augenblick stehen zu bleiben, dann könne sie sehen, wie ich von dem Brot abbiss, ohne dass mir etwas passierte. Sie musste lachen.

»Ja, weiß ich, weißer Körper kann dunkles Brot essen.«

Aber ein schwarzer Körper nicht. Das hatte sie mit der Muttermilch eingesogen. Die offenkundige Tatsache, dass ich von dunklem Brot nicht krank wurde, war für sie kein Beweis. Dasselbe hatte ich schon mit gelbem Mais versucht. Ich hatte ihr erzählt, dass die ganze Welt gelben Mais esse und niemand davon krank werde.

Aber impotent, sagte sie, die Weißen seien deshalb öfter impotent als die Schwarzen.

»Es gibt keinen Unterschied zwischen unseren Körpern, das habe ich dir schon hundertmal gesagt, Zanele.«

»Krchch.« Mit einer Handbewegung, die besagte, dass ich nichts davon verstünde, ging sie weg.

Der Gott Afrikas zürnte schon seit Wochen. Ich zog mir das Betttuch über den Kopf. Jeden Sommer wurde er wütend. Bei jedem Donnerschlag ließ er mich zittern. Er war ganz in der Nähe. Ich versuchte, die Sekunden zwischen dem Blitz und dem Krachen zu zählen, aber es schien ein einziger Augenblick zu sein. Meine Finger krallten sich ins Betttuch, die Augen kniff ich so fest zu, dass die Gesichtshaut spannte. Morgen würde alles vorbei sein. Morgen würde ich es selbst sehen, morgen, wenn die Schnecken sich wieder in Scharen zeigten und ich den Duft riechen würde, den der Regen hinterlassen hatte. Und morgen würde der Tag nach meinem Geburtstag sein. Zum Glück wusste das niemand. Ich hatte für Geburtstage nichts übrig. Aber zu Hause wussten sie es. Zu Hause mussten sie an mich gedacht haben; ohne es auszusprechen, haben sie an mich gedacht. Mama hat sich an den Tag erinnert, an dem wir beide eine Leistung vollbracht haben, den Tag, an dem wir beide unsere Kräfte zeigten.

Aber heute zeigte sie ihre Schwäche.

Die Bettdecke lag zusammengefaltet am Fußende. Es war zu warm. Ich schaute nach oben. Ich sah keine Zimmerdecke. Ich wusste, dass sie dort war, aber ich sah sie nicht. Es war mir unheimlich, dass ich einen Lichtschalter drücken konnte, ohne dass sich etwas tat. Ich drehte den Kopf zur Seite. Ich sah kein Fenster. Ich wusste, dass es da war, aber ich sah es nicht. Hinter den Vorhängen. Ich sah keine Vorhänge. Und hinter dem Fenster schien ein Mond, der sich jetzt verstecken musste. Aber ich wusste, dass er ganz nahe war, dass man ihn greifen konnte, wenn man sich nur weit genug streckte.

Da es schon so viele Nächte nacheinander stürmte, hatte ich nicht sehen können, wie groß er inzwischen war. Noch nicht voll, hoffte ich. Als Vollmond bekam er etwas Trauriges. Vollmond bedeutete eine neue Chance. Junge Männer aus angrenzenden Ländern zogen Schuhe an und banden sich Wasserflaschen um die Taille. Sie machten sich nachts auf den Weg in ein reicheres Land auf diesem Kontinent. Das helle Mondlicht half ihnen, den Grenzübergängen auszuweichen, so dass sie zufrieden die starken Hände gegeneinander klatschen konnten, wenn sie in diese Republik eingedrungen waren. Von dem Moment an wurde ihre Angst aber erst wirklich groß, und das nicht wegen des illegalen Grenzübertritts. Die schweißgebadeten Männer kamen in ein Gebiet, in dem außer Hyänen und Elefanten vor allem Löwen lebten. Nach einer Vollmondnacht las man regelmäßig in der Zeitung, dass Grenzwächter wieder mehrere Wasserflaschen, zerrissene Hosen und Schuhe gefunden hatten. Dennoch versuchten die jungen Männer es weiterhin.

Aber ich sah keinen Mond.

Ich konnte die Hand vor Augen nicht sehen.

Wenn alles anders gelaufen wäre, läge ich nicht hier. Dann wohnte, arbeitete und lebte ich nicht in Afrika.

Früh am Morgen kündigte Zanele an, sie gehe mit Shanla ins Dorf, jetzt gleich, weil es noch nicht zu heiß sei. Ob ich sie noch im Haus brauchte. Ich schüttelte den Kopf. Mir fiel aber ein, dass mein Papiervorrat aufgebraucht war, und ich bat sie, mir einen Packen mitzubringen. Shanla hörte es und fragte, ob sie sich dann in der Buchhandlung Buntstifte kaufen dürfe. Ich holte Geld und sagte, das sei auch für Buntstifte. Shanla lächelte.

Mbufu bleibe zu Hause, sagte Zanele, er sei noch müde von seiner Rückreise aus dem Norden. Aber ich hörte und sah ihn nicht, wahrscheinlich trieb er sich irgendwo herum. Er war schon sechzehn, aber er konnte sich nicht selbst beschäftigen. Er hatte die Langeweile zu einer Beschäftigung gemacht.

Ich saß am Computer und schrieb einen Bericht für meinen Abenddienst. Ich kam nicht gut voran. Ich schweifte ab und dachte darüber nach, wie ich es erzählen sollte, wie sie mich am besten verstehen würde. Immer, wenn ihr etwas nicht ganz klar war, kam sie einen Schritt näher an mich heran. Dann ersetzte ich einzelne Wörter durch andere. Je einfacher ich es formulieren musste, umso schwieriger erschien es. Wo sollte ich anfangen?

Ich könnte mit dem Anfang anfangen. Oder mit Wouter. Ja, ich sollte mit Wouter anfangen. Dann könnte ich erzählen, dass ich wirkliche Liebe kennen gelernt hatte. Oder würde sie mich dann auslachen?

Es war zu heiß für den langen Weg ins Dorf und wieder zurück, aber sie wollten unbedingt zu Fuß gehen. Und wenn Zanele sich etwas in den Kopf setzte, dann tat sie es auch.

Sie kamen zur heißesten Zeit des Tages mit vollen Taschen zurück. Aber sie sahen aus, als hätten sie nur unter dem großen Baum an der Ecke gesessen, sie schwitzten nie. Shanla gab mir den Packen Papier, und Zanele fragte, ob sie das Wechselgeld behalten dürfe. Ich nickte und begriff, dass heute kein günstiger Tag zum Erzählen war.

Ich war ohnehin schlecht in Form und hatte eine kurze Nacht hinter mir, und als ich sah, dass wir wieder Strom hatten, war ich früh an die Arbeit gegangen. Vielleicht sollte ich mich angesichts des Abenddienstes jetzt noch etwas ausruhen, draußen auf der Terrasse unter dem Sonnenschirm. Und danach den Bericht weiterschreiben.

Während ich nach draußen ging, sagte Zanele, dass sie noch in unserem Postschließfach im Dorf nachgeschaut habe. Ich zog die Augenbrauen hoch.

»Keine Post«, sagte sie.

Es war nie Post da, dennoch schaute sie immer nach.

Ich ließ mich auf eine Terrassenliege fallen. Sogar bei geschlossenen Augen spürte ich das helle Sonnenlicht. Es wunderte mich immer, wie böse er in der Nacht war und wie sanft bei Tage, der Gott Afrikas. Jeden Sommer wieder zeigte er sich auf diese Art. Ich zählte, wie viele Sommer ich jetzt schon hier war, aber meine Müdigkeit war stärker. Ein paar Jahre in jedem Fall. Jahre ohne Post.

Mit einer kurzen, zarten Bewegung streicht er mir die Haare aus dem Gesicht. Seine Lippen kommen näher und drücken einen Kuss auf meine Stirn, genau in die Mitte. Ich schließe die Augen, ich will mehr. Ich spüre Hingabe, eine tiefe Hingabe. Dieser Kuss kann bedeuten, dass er weggeht oder dass er mich lieben will.

Als mein Pony wieder in die Stirn fällt, gleitet seine Hand zwischen meine Beine. Mein Körper bekommt, wonach er sich sehnt, ich lasse mich in meine freie Welt sinken, die Welt, in der alles aus meinem Bauch kommt, in der ich wach bin, während der Kopf schläft. Er ist bei mir und beschützt mich. Es ist eine Wohltat, mich hinzugeben, erst ihm, dann mir selber. Und wieder dieser Kuss, als Beweis, oberhalb der Augenbrauen, in der Verlängerung meiner Nase.

Geschrei weckte mich, eigentlich waren es eher Weinen und Schreien durcheinander. Im ersten Augenblick dachte ich noch, dass sie sängen. Ich sprang auf und lief ins Haus, durch die Küche und über den Steinplattenweg zu Zaneles Zimmer. Ihre Tür war geschlossen. Ich fragte mich, was da drinnen vorging.

Ich blieb vor der Tür stehen. Es war Shanla, die so außer sich war. Zanele klang wütend. Ich konnte ihr Zulu nicht genau verstehen. Irritiert ging ich zurück ins Haus und wartete in meinem Arbeitszimmer, bis es etwas ruhiger wurde.

Als Shanla kurz darauf traurig in mein Zimmer kam, erschrak ich fürchterlich. Nur eine dünne Haarschicht bedeckte ihre Kopfhaut. Ich fragte, was geschehen sei.

Mit weinerlicher Stimme erzählte sie, ihre Mutter habe das gemacht. Ihr Haar sei zu verklettet gewesen. Sie strich sich über den Hinterkopf. »Jetzt bin ich Junge.«

Ich schob meinen Bürostuhl zurück und nahm sie auf den Schoß. Mit der rechten Hand fühlte ich, wie struppig die Haare waren; ihre Augen füllten sich wieder mit Tränen.

Ich versuchte, sie zu beruhigen. Um ein Junge zu sein, sei viel mehr nötig.

Aber sie sagte nein.

Die schlimmen Wochen waren vorüber. Zanele hatte den Kopf in den Nacken gelegt, um den Himmel zu betrachten. »Richtig nach draußen!«, hatte sie ausgelassen gerufen. Sie hatte wochenlang darauf gewartet, endlich war es so weit. Für vier Tage war sie zu einer Freundin gegangen, die aus derselben Township kam wie sie.

Es erschien mir wie ein Monat, so lange blieb sie fort. Vielleicht, weil sie die Kinder mitgenommen hatte. Weshalb sie gleich für vier Tage weggehen musste, verstand ich nicht. Es war auf einmal so still im Haus, alles schlief.

Abends saß ich nicht auf der Anrichte und morgens lachte ich nicht. Ich schmierte mir ein Butterbrot und erinnerte mich an den Tierrettungsdienst, wie wir darüber gelacht hatten, kurz bevor sie wegging. Ich erklärte ihr, das sei in den Niederlanden etwas ganz Normales. Sie wollte mir nicht glauben, und eigentlich war es auch absurd.

Wo sie aufgewachsen war, gab es nicht einmal einen normalen Rettungsdienst. Sie erzählte von ihrer Mutter, wie elend sie gestorben sei. Kein einziger Medizinmann hätte Rat gewusst. In der Stadt würde in einem solchen Fall ein Arzt kommen, das wusste Zanele. Man rief ihn an. Aber wenn man kein Telefon hatte, konnte man nicht anrufen, und wenn man keine Adresse hatte, konnte keiner einen finden.

Sie teilten ihre Townships in vier Bereiche, um wenigstens zum Beispiel vom Ost- oder Südteil sprechen zu können. Dort konnte man dann nach einer bestimmten Hütte fragen, und meistens wurde einem weitergeholfen. Ihre Mutter sei an einem Herzanfall gestorben, erzählte Zanele. Ich fragte, woher sie das wisse. Sie antwortete, ihr ältester Bruder habe gesagt, dass ihr Herz nicht mehr schlage, also habe sie einen Herzanfall gehabt.

Ich nickte und sah die Mutter vor mir, von der ich lediglich wusste, dass sie ihre sieben Kinder hintereinander gewaschen hatte, zur heißesten Tageszeit, mit einem Tuch und einem Eimer lauwarmem Wasser. Lauwarm, weil sie ihn zuvor den ganzen Morgen in die Sonne gestellt hatte.

Zanele hatte einmal vorgemacht, wie sie sich alle in einer Reihe auf das Bett ihrer Mutter setzen mussten. »Nackt natürlich«, sagte Zanele, während ihre Hände einen kleinen Hügel in Hüfthöhe beschrieben, denn neben sich aufs Bett mussten die Kinder ihre Kleider legen, um sich danach wieder selbst anzuziehen. Eines nach dem anderen rief ihre Mutter die Kinder beim Namen und wusch sie.

Zum Abtrocknen hatte sie noch ein Extratuch, aber wenn man der Letzte oder auch der Vorletzte war, brachte das nichts mehr. Der Letzte ließ sich von der Sonne trocknen. Meistens richtete Zaneles Mutter es so ein, dass einer der Jungen der Letzte war. Diese große Wäsche fand alle paar Tage statt, und Zanele sog Luft durch die Nase, um zu veranschaulichen, wie herrlich alles dann roch.

Der Tierrettungsdienst! Wir machten uns beinahe in die Hose. Ich musste vor allem über ihr ausgelassenes Gelächter lachen, über ihren Unglauben und ihren erstaunten Blick. Wenn wir über so etwas gesprochen hatten, dauerte es nie lange, bis Shanla mit einem schelmischen kleinen Lachen auf dem Gesicht ins Haus gelaufen kam. Sie wollte dann bestätigt bekommen, was ihre Mutter ihr erzählt hatte.

Während des Packens für ihren viertägigen Ausflug wurde bei halb offener Tür, damit etwas Wind hereinkam, eifrig geschwatzt. Zanele sprach über Männer. Männer im Allgemeinen. Sie machte Shanla klar, wie sie sich später von Männern behandeln lassen sollte. Vor allem, wie sie sich nicht behandeln lassen sollte. Es ist wahr, die Männer, die Zanele gelegentlich besuchten, fühlten sich geradezu geehrt, dass sie unser Anwesen betreten durften. Nicht wegen unseres Anwesens, sondern weil Zanele sie eingeladen hatte. Wenn ein Mann sich nicht ordentlich benahm, warf sie ihn sofort raus. Shanla lernte auf diese Weise, dass sie sich nie reinlegen lassen durfte, wenn sie später einmal groß war, und dass sie nie arbeiten durfte, um einem Mann Cents abzuliefern, wie Zanele es ausdrückte. Das Einzige, was man mit seinem selbst verdienten Geld tun dürfe, war, seinen Kindern zu essen geben. Sobald sie älter als ein Jahr sind, kostet es Geld, sie zu ernähren. Für seine Kinder tut man alles, für Männer nicht. Männer betrachten Frauen als Parkplatz, den sie, wie auch immer, wieder verlassen, war Zaneles Überzeugung.

All das sagte sie regelmäßig zu ihrer Tochter, als würde

die Wiederholung Shanlas Begriffsvermögen erweitern. Ich hörte aufmerksam zu, wie sie versuchte, ihr diese Ideen klar zu machen, und zugleich beobachtete ich gern die geschmeidigen Bewegungen ihres Hinterteils. Wenn sie eine Treppe hinaufging, gab ihr Hinterteil das Tempo an, dem der Körper folgte.

Kurz bevor sie wegging, stand sie mit einem meiner Fotos in der Tür des Arbeitszimmers.

»Was ist dies?«

Ich sah meine Brüder im Schnee spielen. Mützen und Fäustlinge.

»Das ist Schnee, Zanele, aber ich will nicht, dass du meine Fotos ansiehst, das weißt du …«

Sie erschrak und murmelte, dass sie nur habe wissen wollen, was das Weiße sei.

Ich wollte nicht, dass sie meine Fotos ansah.

Ich selbst tat es auch nicht.

»In fünf Jahre alle Weißen leben in Soweto.«

Ich sah sie erstaunt an.

»Und weißt du, was ist praktisch?«

Ich schüttelte den Kopf. Mit einem Augenaufschlag begann Zanele vorsichtig zu lächeln.

»Ihre Sachen sind schon dort!«

Ich musste lachen. Sie hatte ein paar Tage mit anderen Leuten verbracht, und die hatten ihr diesen Witz erzählt. Wenn es überhaupt ein Witz war.

»Guter Witz?«, fragte sie zur Bestätigung.

Ich fand ihn mehr als gut. Als ich fragte, ob sie noch andere Neuigkeiten habe, sagte sie, die restlichen würde sie noch aufbewahren. Es war mir egal, wann sie etwas erzählte, wenn sie nur hier blieb.

»Ah, jetzt seh ich, Dokter hat Haar geschnitten!«

Das machte mich etwas verlegen. »Das war doch nötig?!«

Sie fragte, ob ich mich kurz umdrehen könne, sie wolle sehen, wie lang es jetzt hinten sei. »Uhh, nicht gut!«

Ich kannte keinen Friseur in der Umgebung, also machte ich es selbst.

»Du sollst mich nicht Doktor nennen.«

Ich setzte mich auf die Anrichte, stützte die Füße auf den Mülleimer und lehnte mich zurück. Ob ich denn nicht Doktor werden wollte, fragte Zanele, die mit dem Kochen angefangen hatte.

»Eigentlich nicht, nein.«

Ich erzählte von meinen großen Brüdern, die beide Arzt geworden waren. Der ältere malte gern, aber ein Künstlerdasein bot keine Perspektive. »Mein Vater war Arzt. Meine Mutter Krankenschwester. Aber unseretwegen hat sie aufgehört zu arbeiten. Das Beste, was man erreichen konnte, war, in einem Krankenhaus Karriere zu machen …«

Zanele stellte ein Glas Wasser neben mich auf die Anrichte. Eine Gewohnheit, der ich mich nicht mehr widersetzte – das tat sie einfach gern, mir etwas zu trinken geben. Sie wandte sich zur anderen Seite, um das Huhn zuzubereiten.

In einem Krankenhaus Karriere machen, hörte ich mich selbst wieder sagen. Ich erinnerte mich an meinen Vater. Als Sechsjährige durfte ich zum ersten Mal mit auf seine Station, sein Zimmer. Stolz, dass ich sein Kind war, lief ich neben ihm durch die Flure. Mein Vater. Ich durfte seinen Kittel anziehen. Eigentlich traute ich mich gar nicht. André und Alex hatten mir schon davon erzählt, und das machte mich umso neugieriger. Ich fasste die Baumwolle an, als wäre es Samt, und als ich den Kittel schließlich angezogen und zugeknöpft hatte, traute ich mich nicht, mich zu bewegen; es war ja Papas Arbeitskittel. Er erzählte mir, dass André manchmal einfach nur im Arztzimmer saß und zeichnete. Es ärgerte ihn, dass André immer seine Stifte mit sich herumtrug, wohin wir auch gingen. Auch im Krankenhaus suchte er stets einen ruhigen Fleck und machte sich mit seinen Farbstiften ans Werk.

»Mein ältester Bruder, André, ist Kardiologe.«

»Eh?«

»Ein Doktor fürs Herz. Ein Doktor, der aufs Herz spezialisiert ist.«

Ich nahm einen Schluck Wasser.

»Er versteht nur von Herz?«

»Nein, aber davon versteht er am meisten.«

Sie nickte und holte den weißen Reis. Das Wasser kochte schon. Reis in den Topf geben war wirklich eine Kunst, weil wir nur Fünf-Kilo-Pakete bekommen konnten. Ihr gelang es immer, aus dem schweren Paket genau die richtige Menge ins kochende Wasser zu schütten.

»Und anderer Bruder? Was für Dokter?«

»Der ist Hausarzt. Ein gewöhnlicher Arzt, wie ich es bin. Die Leute kommen zu ihm nach Hause, es sei denn, dass sie zu krank sind. Dann macht er einen Besuch bei ihnen zu Hause, um sie zu heilen.«

»Ah, *inyanga*!«, rief sie.

»*Inyanga*? Das ist doch der Mond?«

»*Yebo*. Mond. Aber auch Dokter.«

»Ach so, du meinst einen Doktor, der mit dem Mond verbunden ist? Einen Medizinmann?«

Zanele nickte zufrieden, weil ich sie verstand. »Auch *sangoma* sagen wir …«

»Was ist das denn?«

»Zauberdokter …«

Zanele sprach Zulu mit ihren Kindern und gelegentlich auch mit mir. Sie erzählte, was ein durchschnittlicher Zauberdoktor alles konnte. Dass jedes Dorf einen hatte und dass er meistens sehr alt war. Sie krümmte den Rücken, um zu zeigen, wie die Zauberdoktoren im Allgemeinen aussahen, und krächzte dabei. Ich mochte es, wenn sie mit verschiedenen Stimmen sprach. In diesen gemeinsamen Augenblicken in der Küche war ich nicht mehr interessiert an einem anderen Leben, einem Leben, das ich hätte führen können.

Ich trank das Glas aus, sprang von der Anrichte, ging ins Wohnzimmer und setzte mich an den einsamen Esstisch. Zanele nahm dasselbe Essen für sich und ihre Kinder mit in ihr Zimmer. Wir aßen Huhn mit Reis und Bohnen.

Mit meinem schmutzigen Teller ging ich wieder in die Küche. Ich machte kein Licht an, ich brauchte ihn nur auf die Anrichte zu stellen. Auch im Dunkeln war die Anrichte leicht zu finden, sie lief über die ganze Breite unserer rechteckigen Küche. Ich schloss die Küchentür.

Dieser *inyanga*, darauf wäre ich nie gekommen. Ich hätte mich gern länger mit Zanele unterhalten, aber die Kinder mussten essen.

Mein Blick fiel auf das Einlieferungsdatum, das rechts oben auf jeder Patientenakte stand. Mir wurde klar, dass es genau drei Jahre her war, dass ich hier angefangen hatte zu arbeiten.

Zu Zaneles Ärger nannte ich meinen Arbeitsplatz noch immer die Erste Hilfe. »Nothilfe«, murmelte sie dann korrigierend.

Zu welcher Tageszeit ich meinen Dienst auch versah, es war immer hektisch. Immer Elend, immer wartende Menschen. Krank, vergewaltigt, ausgetrocknet. Viele Unfälle. Immer wieder Unfallopfer. Manch einen brachten sie schon tot herein, ohne es selbst zu merken. Diese so genannten DOAs, mit denen war ich schnell fertig. Und Schusswunden, immer wieder Schusswunden. Dafür hatten wir sogar einen Spezialisten.

Ich achtete darauf, alles genau zu dokumentieren. Bei der Arbeit kamen wir oft nicht dazu, also machte ich das zu Hause. Die vielen halb ausgefüllten Patientenakten sorgten für Verzögerungen und Ineffizienz. Aber es lag auch an den Patienten. Kein Nachname, keine Adresse, keine weiteren Angaben. Null Identität, schrieb Albert dann auf die Akte. Ich versuchte meistens noch zu beschreiben, wen ich vor mir sah. Aber oft lief es auf dasselbe hinaus.

Null Identität.

Genau drei Jahre im Dienst – das bedeutete, dass mein Vertrag noch zwei Jahre lief. Danach musste ich weg. Ich wollte nicht weg. Nicht zurück.

Vielleicht schaffte ich es, länger im Krankenhaus zu arbeiten. Arbeit genug gab es, daran würde es nicht liegen. Ich tat kaum etwas anderes als arbeiten. Nicht arbeiten, um zu leben, sondern leben, um zu arbeiten. Wouter verabscheute das, Leben musste mehr als das sein. Er wollte mich lachen sehen, mich festhalten, wollte, dass ich von einem unendlich langen Beisammensein träumte.

Wir bleiben, Liebste, sagte er, wenn er mir einen Kuss auf die Stirn drückte, bevor er die Tür hinter sich schloss. Dann lächelte ich. Ängstlich, weil ich es so gern wollte.

Shanla hatte von ihrer Mutter gehört, dass ich nur deshalb Ärztin war, weil die Familie es gewollt hatte. Ich fragte sie, ob sie schon wisse, was sie später werden wolle. Darüber brauchte sie nicht lange nachzudenken.

»Maid.«

»Maid? Hör mal, das sagst du doch nur, weil deine Mutter das ist.«

»Nein. Gar nicht wahr. Ich will Maid werden!«

»Du lernst nicht umsonst lesen und schreiben und kannst einmal mehr als Maid sein, das weißt du doch?«

»Wenn ich Maid bin, hab ich immer Haus und Essen.«

So war sie also darauf gekommen. Das musste ich ihr ausreden.

»Wenn du später eine andere Arbeit machst, dann verdienst du Geld, mit dem du mehr tun kannst, als ein Haus und Essen zu kaufen.« Ich versuchte, sie beim Thema zu halten, ich wollte, dass sie das genau verstand.

Sie blickte mich erstaunt an. »Aber Maid sein ist nicht schwierig, und ich kann das.«

»Das ist es ja gerade: Du kannst viel mehr!«

Sie hatte also über ihre Zukunft nachgedacht. Ich selbst hatte das nie getan.

Shanla fragte noch einmal, was ich eigentlich hätte werden wollen. Es war sinnlos, mir diese Frage zu stellen. Ich gab keine Antwort.

Zanele kam ins Wohnzimmer. Von der Küche aus hatte sie unser Gespräch mit angehört. Sie fragte, warum ich nicht auf Shanlas Frage einginge.

»Wenn wir älter sind, Zanele, wenn wir älter sind.«

»Ich bin schon alt«, sagte Zanele.

Ich hatte keine Lust, mich weiter darüber auszulassen. »Aber ich nicht.«

Ihre nackten Füße auf dem Steinboden des Flurs. Sie kamen in meine Richtung. Plötzlich standen sie in der Tür meines Arbeitszimmers.

»Joni?«

Ich drehte mich auf dem Stuhl zu ihr um. Sie dachte, sie störe mich, weil ich am Computer saß und viel Text auf dem Bildschirm zu sehen war, Text aus einem Krankenbericht. Ich hatte noch keinen Buchstaben hinzugefügt.

Ich blickte so lange in ihre schwarzen Augen, bis sie mich ansahen. Daran hatte ich im Laufe der Jahre arbeiten müssen; anfangs blickte Zanele stets zu Boden, wenn sie mit mir redete. Als sie an jenem ersten Nachmittag an meine Zimmertür klopfte, war mir noch nicht klar, dass dies so bleiben würde, wenn ich nicht versuchte, es zu ändern. Zuerst dachte ich, es sei eine Art Verlegenheit, aber inzwischen wusste ich es besser.

»Ich geh schlafen.«

Ich blickte auf meine Armbanduhr und sah, dass es kurz vor zehn war. »Oje, ich muss los, ich habe Nachtdienst.«

»Ja. Dachte ich. Ich geh jetzt schlafen.«

Obwohl Zanele die Uhr nicht lesen konnte, wusste sie immer, wie spät es war. Sie orientierte sich am Stand der Sonne und daran, wie lange sie selbst für bestimmte Tätigkeiten brauchte. Sie hatte mir erzählt, dass ihre Freundinnen es genauso machten, und wenn sie mittags zusammen unter dem großen Baum an der Ecke saßen, dauerte das immer genau eine Stunde, obwohl keine von ihnen die Uhr lesen konnte.

»Schlaf gut, Zanele …«

»Joni?«

»Ja …«

»Nicht zu müde, um noch arbeiten zu gehen?«

»Ach …«

»Ich mach dir Kaffee, wenn du zurück bist, okay?«

»Weißt du, was mein Vater immer nach seinem Nachtdienst sagte?«

»Eh?«

»Euer Frühstück ist mein Abendessen.«

Mit einem höflichen Lächeln blieb sie noch einen Augenblick in der Tür stehen. Vielleicht ein dummer Scherz, aber es stimmte, er kam oft erst nach Hause, wenn wir schon wieder zur Schule mussten. Die Ringe unter den Augen gehörten zu seinem Gesicht, und morgens, kurz bevor wir uns auf den Weg zur Schule machten, sah ich das am deutlichsten. Das Erste, was meine Mutter dann sagte, war, dass sie allein habe schlafen müssen. Ich wusste nicht, was daran so schlimm war, ich schlief doch auch allein. André und Alex hatten zwar ein gemeinsames Zimmer, aber sogar Miri schlief allein. Mama musste das jedes Mal sagen. Meistens tat er, als hörte er es nicht, nahm sich ein Stück Brot und strich Butter darauf. Dann sagte er, dass unser Frühstück sein Abendessen sei. Manchmal aber ging er darauf ein, und an seinem Ton hörte man, dass das Krankenhaus daran schuld war. »Was kann ich, um Himmels willen, dafür?« Auf diese Frage gab sie nie eine Antwort. Und weil sie sehr oft keine Antwort auf Fragen gab, die er stellte, dachte ich, es gebe Fragen, auf die man nie zu antworten brauche.

Zanele stand noch immer in der Tür.

»Joni? Du denkst an Mann?«

»Nein, Zanele, hör jetzt auf damit!«

Sie wollte immer noch wissen, was aus dem Flirt im Krankenhaus geworden war. Sie wollte nicht, dass ich allein blieb. Sie ließ nicht locker.

»Uhh, Joni böse!«

»Ach was, ich habe dir doch schon gesagt, dass es nichts wird. Aber es hat sich gelohnt, falls du das wissen willst, es hat sogar richtig Spaß gemacht!«

Sie schlug die Hand vor den Mund.

Ich stand auf und ging zu ihr. »Aber ein einziges Mal«, ich hielt meinen Zeigefinger direkt vor ihr Gesicht, »ein einziges Mal wollte ich mit einem Mann leben.«

»Wer war das?«

»Das ist vorbei«, sagte ich entschieden, zum Zeichen, dass dieses Kapitel für mich abgeschlossen war.

Sie zweifelte. »Wenn einer drin ist«, sie klopfte sich an die Brust, »er kann nicht einfach raus ...«

Ich versuchte, nicht zu sehr zu lachen.

Damit sie endlich aufhörte, erzählte ich so gleichgültig wie möglich von einem Mann, den ich im Studium kennen gelernt und mit dem ich zusammengelebt hatte, bevor ich nach Afrika ging.

Sie sollte nur ja nicht denken, dass ich um seinetwillen weggegangen war.

Als ich erzählte, dass er schon eine eigene Familie hatte, merkte ich, dass es ihr zu schnell ging. Ich merkte es meistens sofort, wenn sie mir nicht folgen konnte, wenn sie den Faden verloren hatte, ich sah es an ihren Augen.

Zu Anfang bat ich sie manchmal, mir Bescheid zu sagen, wenn ich zu schnell sprach oder wenn sie mich nicht verstand. Dann nickte sie und behauptete, sie verstehe mich prima. Zanele war eine stolze Frau.

Wie alt er sei, fragte sie.

»Gar nicht alt, wir waren nur ein paar Jahre auseinander!«

»Aber er hatte Familie, du sagst?«

»Ja, er hatte, wie es heißt, zu jung gefreit.«

»Wie viele Kinder?«

»Eins, einen Sohn. Als wir uns das erste Mal begegneten, wohnte er noch bei seiner Familie. Nach einiger Zeit ist er ausgezogen.«

»Uhh! Für dich?!«

Ich wandte mich ab und dachte an Wouters Sohn, fragte mich, wie alt er jetzt wohl sein mochte. Ich nahm ein paar Akten von meinem Schreibtisch. Aber Zanele rührte sich nicht, so dass ich nun mit dem Rücken zu ihr stand. Also drehte ich mich wieder um, wenn auch nur aus Höflichkeit. Ihre Augen sahen mich fragend an.

»Ich muss jetzt weg, Zanele, wirklich.«

Sie zog ein langes Gesicht und ging zurück in den Flur.

Ich rief: »Schlaf gut.«

Lieber Himmel! Dass ich einfach so erzählte, mit Mike habe es richtig Spaß gemacht. Sie war zutiefst erschrocken! Ich ließ das Auto an. Ob ich die Pille nähme, fragte Mike, nachdem er in mir gekommen war. Ich sagte, es bestehe keine Gefahr. Er lächelte, er fand es herrlich. Am nächsten Morgen kam er zu mir ins Zimmer. Ich fürchtete, er wolle über die vergangene Nacht reden. Er kam tatsächlich darauf zurück. Ob ich wirklich die Pille nähme. Ich schüttelte den Kopf. Davon hätte ich kein Wort gesagt. Mike wurde wütend. Ich sagte, dass keine Gefahr bestehe, dass er mir das glauben könne. Er trat nah an mich heran. Er packte mein Gesicht und sagte, ich solle ihm keinen Streich spielen. Ich sagte, ich könne ihm gar keinen Streich spielen.

Warum wir es gleich gemacht hätten, so schnell, obwohl wir uns kaum kannten, wollte er wissen.

Wir arbeiteten schon eine ganze Zeit zusammen, wir sahen einander täglich, es lag auf der Hand. Ich sagte, ich wisse nicht, wo das Problem sei. Er fragte, ob ich das immer so mache, auf die Art. Ich lachte.

Da ich die Straße für mich allein hatte, schaltete ich das Fernlicht ein.

Ich fragte, ob ich aussähe wie eine, die das immer so mache. Er schüttelte den Kopf. Im Gegenteil, er finde mich verwirrend, und das würde ihn irritieren, vor allem, weil er das von Anfang an hätte wissen können. Ich hätte den Körper einer Raucherin, ohne eine zu sein. Ich fragte, was das bedeute: der Körper einer Raucherin. Wir fingen ein Gespräch an, das zum ersten Mal nichts mit der Arbeit zu tun hatte. Ob wir uns verabreden könnten, fragte er. Ich wollte mich nicht verabreden. Ob wir einmal zusammen essen gehen könnten. Ich wollte nicht essen gehen.

Wir konnten es gern noch einmal machen, aber essen gehen, das schien mir etwas zu viel des Guten.

Ein entgegenkommendes Fahrzeug blinkte mich an.

Schnell blendete ich ab.

Sie erzählte, dass sie es Shanla gezeigt habe.

Ich fragte, wovon sie spreche.

Gestern Abend habe sie es ganz vorsichtig unterm Bett hervorgeholt. Sie habe es nur für einen Augenblick angelegt. Und während sie es anhatte, sei sie durchs Zimmer gegangen. Shanla finde es wunderschön und habe gefragt, warum sie es nie trage.

»Und?«, fragte ich.

»Zu wertvoll«, hatte sie geantwortet.

Ich sagte, dass ich auch einmal sehen wolle, wie es ihr stehe. Sie lächelte verlegen.

»Die Farben, so schön!«

»Ja, das Rot, nicht wahr? Darum habe ich es dir gekauft. Habe ich dir erzählt, was Rot bedeutet?«

Ihre Miene drückte Erstaunen aus. Hatte ich das vergessen?

Ich erzählte vom Aberglauben, dass ich nichts davon hielte, aber dass Farben mir etwas sagten. Ich erzählte vom Aberglauben mancher Juden bezüglich der Farbe Rot. Nicht alle Juden übrigens, es gebe andere, die der Farbe Blau anhingen, in Form eines Auges. Aber meine Großmutter hatte mir den Glauben an die Farbe Rot vermittelt, die Überzeugung, dass man immer etwas Rotes bei sich tragen müsse, um sich vor dem bösen Blick zu schützen. Absurd natürlich, aber angeblich hielt Rot den bösen Blick ab. Zanele sah mich verständnisvoll an. Sie kannte die Vorstellung vom bösen Blick. Und sie wusste, dass es sie bei allen Stämmen gab. Sie sagte, sie werde es tragen, wenn es notwendig sei. Aber einfach so, jeden Tag, dafür sei es zu schade, da könne es kaputtgehen.

»Aber es geht nicht so leicht kaputt, und wenn es doch kaputtgeht, dann lassen wir es reparieren.«

»Und wenn ich verliere?«

Ich runzelte die Stirn.

»Siehst du? Krchch.«

Sie schnippelte Gemüse, und auf dem Herd brutzelte schon etwas. Ich konnte nicht sehen, was es war.

Auf einmal fragte sie, wie der Mann eigentlich heiße.

»Wouter«, antwortete ich. Ich hatte Lust zu erzählen, mit ihr zu reden. Zu reden, wie Frauen es tun, wenn sie unter sich sind. Ich schwang mich auf die Anrichte, auf meinen Platz. Mit den Füßen auf dem Mülleimer.

Sie sah mich abwartend an. Diesmal war ich diejenige,

die den Blick senkte. Ich starrte auf meine Hände, die im Schoß lagen. Sie stupste mich an und sagte, dass sie genau wisse, dass ich eine große Liebe gehabt hätte, sie habe gewartet, bis ich einmal davon anfangen würde.

»Groß, groß. Okay, groß. So eine Liebe, die du den ganzen Tag spürst.«

Sie wurde neugierig, genau wie in den Augenblicken, wenn sie wissen wollte, was ich gerade las. Ich war selbst verblüfft über meine zickige Antwort, ich redete wie ein Teenager.

Sie wollte wissen, wie wir uns kennen gelernt hätten. Ich mag eigentlich keine So-haben-wir-uns-kennen-gelernt-Geschichten, trotzdem war ich froh, dass sie danach fragte.

Ich erzählte von meiner Zeit als Assistenzärztin in dem Krankenhaus, in dem er arbeitete. Sie wusste nicht, was ein Assistenzarzt ist. Um zu lernen, wiederholte ich ein paarmal, um den Beruf in der Praxis zu lernen.

Sie nickte.

Er hatte schon so verwundert geschaut, als er meinen Nachnamen hörte. Er kannte meinen Vater natürlich, die Welt war klein. Wir paar Studenten waren aufgeteilt worden, und ich landete bei ihm. Ich durfte sofort an der Visite teilnehmen, zu den Patienten gehen. Zwischendurch stellte er mir Fragen und schaute mich dabei so intensiv an, dass ich nervös wurde. Er hatte etwas Strenges, etwas außerordentlich Strenges sogar, aber es war nicht beängstigend. Er war jemand, der sich selbst ziemlich gut in der Hand zu haben schien, und das zog mich an.

Am Ende des dritten Tages verließen wir zur gleichen Zeit das Krankenhaus. Darauf hatte ich es angelegt, ich hatte noch ein bisschen getrödelt, in der Hoffnung, dass wir gemeinsam weggehen würden. Erst als ich mit dem Fahrrad an der Hand in Richtung seines Autos ging, spürte ich, dass er mich bemerkte. Er fand es »nett«, dass ich Medizin studierte, und »nett«, mich kennen zu lernen.

Ich wollte mehr sein als die nette Tochter von Isaac Jinsky. Sein kühler Blick machte mich neugierig, ich wollte wissen, was sich dahinter verbarg.

Von unserem Herumstottern auf der Straße wurde uns beiden etwas unbehaglich, dennoch blieben wir stehen. Halb gegen sein Auto gelehnt sagte er, dass es, verdammt noch mal, immer regne, außer gerade jetzt. Und dass er daher keinerlei Grund habe, mich zu fragen, ob er mich nach Hause bringen solle, ob ich mein Fahrrad vielleicht stehen lassen wolle.

Ich sagte, dass ich mein Fahrrad überhaupt niemals irgendwo stehen ließe.

Amüsiert schüttelte er den Kopf. Ich fragte, was los sei.

»Diese eigenwilligen Mädchen«, sagte er, »was soll ich bloß ...«

Zanele fragte, warum ich mein Fahrrad nicht hierher mitgebracht hätte.

»Auf diesen Straßen kann man doch nicht Fahrrad fahren, oder?«

»Vielleicht nicht. Okay, okay, und wie sah er aus?«

Das war schwer zu beschreiben. Ich erzählte, dass er sich den Kopf geschoren hatte, weil er sowieso schon ziemlich kahl war. »Dadurch hatte sein Gesicht nur durch Lippen und Augen etwas Farbe. Er hatte strenge Augen. Seine Nase war normal, nicht groß, nicht klein. Allerdings verlief ein ganz dünner Strich über die Nasenspitze, so dass die Nasenflügel genau zweigeteilt waren. Und er hatte ein Kinn. Was gibt's da zu lachen?«

»Das hat jee-der.«

»Nein, ich meine so ein kräftiges. Guck mal.« Ich spannte meine Unterlippe und streckte den Unterkiefer vor. Sie sah mich erstaunt an. Es sah natürlich komisch aus. »Das Kinn war überhaupt nicht hässlich, aber es gab seinem Gesicht etwas Hartes.«

»Okay, Joni, genug von Gesicht. Erzähl noch! Von Mann, mit dir!«

»Ich konnte meinen Teller nie leer essen. Ich konnte nicht essen in seiner Gegenwart.«

Sie schüttelte den Kopf. »Kleine Mädchen!«

»Er starrte mich immer nur an. Die ersten Male, als wir uns verabredeten – du machst dir keine Vorstellung –, schwitzte ich am ganzen Körper.«

»Was?«

»Ja, ich war klatschnass, und dabei war es Winter.«

Sie lachte laut. Als sie sich beruhigt hatte und das klein geschnittene Gemüse ins kochende Wasser tat, sah ich, dass sie immer noch lächelte. Ich konnte also weiterreden.

Ich erzählte vom Studentenheim. Dass er, gegen die Vorschrift, einen Schlüssel hatte. Wie er spätabends, sobald er von zu Hause wegkonnte, zu mir kam, manchmal mitten in der Nacht. »Wir waren die reinsten Teenager.«

»Kleine Mädchen«, sagte sie noch einmal und gab mir einen Klaps aufs Bein.

»Ja, das stimmt, ich war ein Mädchen. Oder besser, es steckte ein Mädchen in mir …«

Ich starrte auf den Mülleimer. »Dieses Mädchen gibt es nicht mehr.«

»Und der Mann? Du liebst Mann noch?«

»Ach.«

Zanele schaltete den Wasserkocher ein. Sie machte mir eine Tasse Tee. Aber ich wollte gar nicht, dass sie mich versorgte, ich wollte, dass sie mir zuhörte, dass sie mit mir redete.

»Es war schwierig, Zanele, wie ich schon sagte, er hatte ja eine Familie.«

»Ausrede, immer Ausreden!«, sagte sie, ohne zu wissen, wie Recht sie damit hatte.

Mit einer raschen Bewegung sprang ich von der Anrichte, ging zum Kühlschrank und öffnete ihn, ohne etwas zu wollen.

»Uhh, easy, Joni!«

»Nix easy!«

Ich warf die Kühlschranktür wieder zu, lief zum Herd und hob den Deckel von einem der Töpfe.

»Reis.«

»Das sehe ich selber«, sagte ich irritiert. Ich ärgerte mich. Nicht über sie, sondern über mich. Dass ich so von mir redete, über Dinge, die mir zu schaffen machten. Damit musste ich aufhören.

»Ruhig.«

Ich seufzte und schaute zu, wie Zanele den Reis abtropfen ließ und ihn dann auf vier Teller verteilte. Vier Teller, von denen drei in geselliger Runde leer gegessen werden würden. Warum aß ich, verdammt noch mal, jeden Abend allein?

Sie stellte drei Teller auf ein Tablett, einen gab sie mir.

Ich sah Fleischstücke, Gemüse und Reis.

Sie band ihre Schürze los und zog sie sich über den Kopf.

»Guten Appetit, Mädchen.«

Alles war klein geschnitten, für Shanla. Nicht, dass sie

es nicht selbst hätte schneiden können, aber sie mochte es gern so. Und weil ich wohl einmal gesagt hatte, dass es mir nichts ausmache, bekam auch ich mein Essen oft klein geschnitten. Mir reichte also eine Gabel. Hastig beförderte die Gabel das Essen in meinen Mund.

Ob ich ihn noch liebte.

Ich wünschte, dass ich wieder keinen Bissen herunterbekäme, dass seine Augen mich auszögen, dass mir immer wärmer würde, ich wünschte, dass er mich zu lange ansähe, als schmiedete er Pläne, die mich nichts angingen. Und ich konnte fragen, was ich wollte, er entschied, was ich zu hören bekam. Das machte mich verrückt. Er machte mich verrückt. Ich dachte an unsere Nächte, daran, dass ich nie wieder pinkeln und mich nie wieder waschen wollte, nachdem wir uns geliebt hatten, und wie ich ihm das sagte. Wie er darüber lachen musste und sagte, dass ich süß sei. Er hat nie erfahren, dass es mir Ernst damit war, dass ich morgens die Hand zwischen meine Beine legte, um den vorigen Abend an meinen Fingern zu riechen.

Die Gabel klopfte unaufhörlich gegen einen leeren Teller.

Zanele versuchte, Ordnung ins Haus zu bringen. Das fing schon im Flur an. Der Klappstuhl an der Haustür störte sie. Sie stellte ihn in eine Ecke der Küche, wo er zugeklappt keinerlei Nutzen mehr hatte. Als er noch an der Haustür stand, konnte ich bequem eine Tasche oder einen Schal darauf werfen.

Danach hievte sie die schwere Steinskulptur aus dem Wohnzimmer dorthin. »Schön für Flur«, sagte sie begeistert. Von dem Tag an blickte ich beim Nachhausekommen in die Augen eines großen nackten Mannes. Den Rest des

Flurs ließ sie leer, so dass ich meine Tasche beim Nachhausekommen auf den kalten Steinfußboden fallen lassen musste. Zanele beförderte sie dann weiter. Keine drei Meter weiter, am untersten Treppenabsatz, fand ich sie wieder. Es war eine Art Ritual geworden: hinwerfen, weiterbefördern und wieder aufheben. Dort an der Treppe lag sie zentraler, das fand sie sicherer als in Türnähe, wo wir nur selten vorbeikamen. Das galt auch für meinen Hausschlüssel, den ich aus Gewohnheit gern herumliegen ließ. Sie wohnte noch keine Woche bei mir, da kam sie schon mit einem grauen Schälchen an. Es hatte entfernte Ähnlichkeit mit einem Mosaik. Ich wusste gar nicht, dass wir etwas so Hässliches im Haus hatten.

»Für Schlüssel«, sagte sie. Eine Mitteilung. Mit großer Geste stellte sie das Schälchen auf den flachen Kopf des steinernen nackten Mannes. Vorbei war es mit Hinwerfen und Herumliegenlassen. Ich musste sogar vorsichtig sein, sonst würde das Schälchen von seinem Kopf auf den Steinfußboden fallen.

Sie selbst benutzte die Haustür nicht, sie hatte ihren eigenen Eingang. Der Plattenweg, der ihr Zimmer mit der Küche verband, verlief bis zur Vorderseite des Hauses. Direkt neben der großen hölzernen Haustür war ein hohes Eisentor, zu dem nur sie den Schlüssel besaß. Das Haus schien absichtlich so gebaut worden zu sein, damit man zusammen und doch nicht ganz zusammen dort wohnen konnte. Es war natürlich absurd, zusammenzuleben und verschiedene Haustüren zu haben. Als ich ihr vorschlug, doch einfach auch die Holztür zu benutzen, musste sie laut lachen. Sie machte mir klar, dass davon keine Rede sein könne. Was für eine Erziehung ich eigentlich hätte, fragte sie spöttisch.

Aus dem Wohnzimmer war nicht viel zu machen. Den CD-Spieler wagte sie nicht zu berühren, die Bücher stellte sie nach dem Abstauben säuberlich zurück in den Schrank, oft verkehrt herum, und die CDs stapelte sie, wie ich es tat.

Das Holz, das während des ganzen Jahres neben dem Kamin aufgestapelt lag, steckte sie in einen großen Sack, damit es nicht so unordentlich aussah. Die langen Streichhölzer hatte sie in den Bücherschrank gelegt, wo ich sie zu meinem Ärger erst nach langem Suchen entdeckte, als ich erstmals abends Feuer machen wollte. Der Kamin war zugleich Heizung. Jedes Haus eines Weißen hatte einen. Zwei bis drei Abende im Jahr, wenn sich der Steinfußboden wirklich zu kalt anfühlte, benutzte ich ihn. An den übrigen Wintertagen trug ich mehrere Schichten übereinander.

Auf meinem Schreibtisch durfte sie nichts anrühren. Sie ärgerte sich also weiterhin über die Papierstapel, sie glaubte nicht, dass Ordnung darin herrschte. Allerdings wischte sie regelmäßig Staub auf dem Bildschirm, was mir auffiel, wenn die Morgensonne ins Zimmer schien und mir den Rücken wärmte.

Einmal hatte sie eine Tablettenschachtel von meinem Schreibtisch genommen. Ich merkte, wie beunruhigt sie war, als sie mit der Schachtel Paludrin in der Hand zu mir kam und fragte, was das sei. Ob es wichtig sei, fragte sie, es liege schließlich die ganze Zeit neben der Tastatur. Ich sagte, ich nähme das nicht mehr ein, die Schachtel liege seit meinem letzten Aufenthalt in einer Malariagegend auf dem Schreibtisch herum. Sie störte mich nicht. Daneben stand auch ein Glas mit Vitamintabletten, die ich nie anrührte. Von der Kognakflasche auf der Ecke des Schreibtischs machte ich jedoch Gebrauch. Wenn ich abends an den Berichten arbeitete, nahm ich gern mal einen Schluck. Danach legte ich einen Augenblick den Kopf zurück, um zu spüren, wie mir die Wärme durch die Kehle rann. Dann sah ich auch das Poster an der Wand, das ich vor dem Supermarkt im Dorf stibitzt hatte. Es zeigte ein schwarzes Mädchen, das seine Mutter besorgt anschaut: »I had sex, Mum, when will I die?«

Ein paar Tage später hatte sie dem Paludrin einen Platz in meinem Badezimmer gegeben. Die Tabletten lagen jetzt neben dem rechten Waschbecken, das sowieso nicht benutzt wurde. Doch an der Stelle störten sie mich, sie betonten die Tatsache, dass niemand das Waschbecken benutzte.

Sogar die leeren Kaugummipackungen ließ Zanele auf meinem Schreibtisch liegen. Ebenso die Straßenkarte von Südafrika, die eigentlich in mein Auto gehörte.

In meinem Schlafzimmer veränderte sich nicht viel. Am Ende des Tages ging sie immer nach oben, um die Vorhänge zuzuziehen. Sie fand, dass ich das nicht sorgfältig genug machte, ich ließ immer irgendwo einen Spalt offen, so dass morgens grelles Licht hereinschien. Danach schlug sie die Bettdecke zurück und legte ein sauberes Nachthemd aufs Kissen. So machte sie mein Bett fertig zum Einsteigen, wie ich es nannte. Ich fand das eigentlich überflüssig. Aber Zanele sagte, dass es ihr Freude mache.

In meinem Kleiderschrank allerdings sah es ganz anders aus als zu Anfang. Schon nach der ersten Woche hatte sie meine Kleidung nach Farben sortiert. Erst als ich das System durchschaut hatte, begriff ich, dass sie den Schrank nicht einfach aufgeräumt hatte. Langsam gewöhnte ich mich an ihre Ordnung, nach einiger Zeit sogar so sehr, dass ich selber alles wieder an den richtigen Platz auf dem Waschbecken stellte. Fläschchen und Tuben getrennt und nach Größe geordnet.

Nach einem langen Tag im Krankenhaus ließ ich meine Tasche auf den Steinfußboden fallen. Den Schlüssel warf ich in das Schälchen auf dem nackten Mann. Ich hörte Zanele in der Küche und ging sofort zu ihr.

Wie ihr Tag gewesen sei, fragte ich. Mühsam hievte ich mich auf die Anrichte. Hunderte Male hatte ich mich hinaufgeschwungen, aber diesmal gelang es mir nicht.

Sie erzählte von dem soundsovielten Krach mit Gibsan, dem Gärtner der Afrikaander, die ein paar Meter weiter wohnten. Ich kannte die Leute kaum, ich sah sie gelegentlich in ihrem Pick-up vorbeirasen, und dann grüßten wir uns. Dass ihnen der Garten viel bedeutete, war nicht zu übersehen. Gibsan war fast jeden Tag dort. Schon bald hatten wir ihn zu unserem Mädchen für alles ernannt, auch wenn wir ihn nicht oft brauchten. Ich kam mir wie meine Mutter vor, die den Klempner Fahrradschläuche flicken und den Fensterputzer die Wände streichen ließ. Meistens versuchte ich allein mein Glück, aber seitdem der Abfluss im Badezimmer verstopft war, half Gibsan uns. Es war Zaneles Idee gewesen, ihn um Hilfe zu bitten, und tatsächlich schaffte er es, dass das Wasser aus dem Waschbecken wieder abfloss. Er meinte, es liege am Kalk. Nicht, dass er das Wort dafür gewusst hätte, aber worauf er zeigte, ähnelte verflixt einem Kalkbelag. Häufig versagte unsere Waschmaschine, dann mussten wir jedes Mal warten, bis Gibsan, gemeinsam mit ein paar dubiosen Freunden, Zeit für die Reparatur hatte. Solange brachten wir unsere Wäsche zur Wäscherei.

Als ich zu Zanele sagte, sie beide hätten offenbar ein Hass-Liebe-Verhältnis, wurde sie wütend. Wie ich darauf käme!

»Ihr streitet euch jeden Tag. Sonst würdet ihr euch doch aus dem Weg gehen.«

Sie sagte, es liege an ihm, er mische sich immer in alles ein. Er wolle alles über sie wissen. Das glaubte ich ihr sofort. Oft schon war ich nach Hause gekommen, und er stand wie zufällig wartend am Tor. Dann blickte er mich prüfend an. Wenn Zanele wütend auf ihn war, nannte sie ihn »Einmischer«, sonst rief sie ihn »Swartie«. Das erste Mal, als ich das hörte, fragte ich, warum, um Himmels willen, sie ihn so nennen würde.

»Er ist *sehr* schwarz!«

»Das sagt die Richtige!«

Sie lachte und sagte, er sei viel schwärzer. Damit hatte sie Recht. Sie erklärte mir, dass man an der Dunkelheit der Haut erkennen könne, wie weit nördlich jemand geboren sei. Von hier aus gesehen, jedenfalls. Je nördlicher, desto dunkler, sagte sie. Gibsan komme aus Malawi. Er sei schon ein paar Jahre hier. Er sei zu Fuß gekommen, und das sei ziemlich weit.

Ich fragte, was denn jetzt schon wieder los sei.

Sie habe sich seine Schere ausleihen wollen.

»Siehst du wohl, du gehst zu ihm!«

Sie rempelte mich an. Ich hielt mich an der Anrichte fest.

»Und er wollte wissen über dich, aber ist nicht seine Sache.« Sie band ihre Schürze fester. Ich fragte, was er denn, um Himmels willen, wissen wolle.

Sie antwortete nicht. Stattdessen strich sie ihre Schürze glatt.

Weshalb antwortete sie jetzt nicht? Weil es etwas Persönliches war? Hatte er vielleicht gefragt, weshalb ich allein lebte?

»Wollte er wissen, warum ich keinen Mann habe?«

Mit übertriebenem Eifer konzentrierte sie sich auf das Kochen. Ich war also auf der richtigen Spur. Als hätte ich auf dieses Thema heute noch Lust. Es ging Gibsan nichts an.

Hartnäckig ignorierte sie meine Frage. Dabei hatte sie doch davon angefangen, oder etwa nicht?

Um die beklemmende Stille zu durchbrechen, sprang ich von der Anrichte. Und weil ich das zu schnell machte, fiel der Mülleimer um. Wir bückten uns gleichzeitig, um ihn wieder hinzustellen. Es war Abfall herausgefallen.

»Ich mach das, lass«, sagte sie ärgerlich, während wir den Dreck wegräumten. Aber es war meine Schuld. Und mein Mülleimer.

Erst als wir den Deckel wieder zumachten, sagte sie, dass Gibsan das nicht gefragt habe.

»Junge schöne Frau, keine Kinder, findet er komisch.«

Sie blickte mich etwas zu lange an, dann ging sie zum Ausguss, um sich die Hände zu waschen. Ich wartete.

Nachdem sie sich die Hände abgetrocknet hatte, gab sie mir zu verstehen, dass ich jetzt an der Reihe sei. Ich wusch mir die Hände mit Wasser und Seife. Ich schwieg.

Sie stellte sich vor mich hin und gab mir ein Handtuch. Dann ging sie zum Schrank und nahm ein Glas heraus. Ich machte Platz. Zanele drehte den Hahn auf, wartete, bis das Wasser schön kalt war, und füllte das Glas. Dann drückte sie es mir in die Hand. Ich hatte nicht darum gebeten, und sie fragte nicht, ob ich es wolle. Sie drückte es mir einfach in die Hand. Ich hatte keinen Durst. Als ich die Hände um das Glas legte, merkte ich, wie schlaff sie waren.

»Trink mal bisschen.«

Ich reagierte nicht. Ihr Gesicht kam näher. Das konnte zweierlei bedeuten: Sie hatte mich nicht genau verstanden oder ich sollte besser zuhören.

Ohne getrunken zu haben, stellte ich das Glas auf die Anrichte. Ich mochte das Leitungswasser hier nicht.

Sie drehte sich zum Herd um. »Krchch.«

Übergekochte Töpfe gehörten zu ihrer Kochkunst.

Die Spitze von Zaneles blauer Wollmütze schaute aus ihrer Jackentasche. Auf diese Weise konnte sie sie jederzeit hervorziehen. Sie sprach von verhangenem Himmel und niedrigen Wolken. So würde es heute werden. Fragend blickte ich sie an. Es war warm, wie es an allen Tagen warm war, aber die Wolken hingen tatsächlich tief. Ich nickte.

»Sonne versteckt.«

Ich nickte wieder. Die Sonne hatte heute keine Rechte.

Von draußen kam drückende Luft durch die offene Küchentür herein. Ob ich mit meiner Arbeit fertig sei, fragte Zanele.

Die Berichte vom Vortag waren geschrieben, bis auf zwei. Mit einer Lippenbewegung gab ich zu verstehen, dass die Arbeit mehr oder weniger erledigt sei. Sie lächelte. Dann sei dies ein guter Tag, endlich mal zum Friseur zu gehen. Einmal pro Woche versuchte sie mich dazu zu bewegen. Sie hielt nichts davon, dass ich meinen Pony immer selber nachschnitt. Ich gab nach.

Sie lotste mich in ein Dorf, in dem ich noch nie gewesen war. Nachdem wir geparkt hatten, gingen wir durch enge, belebte Straßen. Leute standen herum und schwatzten, viele von ihnen grüßten Zanele. Ob die sie auch wirklich kannten, bezweifelte ich. Mich grüßte niemand.

Worauf habe ich mich da eingelassen?, dachte ich, als wir eine Art Friseursalon betraten und ich sofort auf einen Stuhl gesetzt wurde. Afrikaans oder Englisch, fragte die Friseurin, es sei ihr egal. Das war nie ein gutes Zeichen, wenn es egal war. Auf Afrikaans begann ich zu erklären, was ich wollte: eigentlich alles etwas kürzer, aber vor allem mein Pony durfte nicht zu kurz werden, der musste genau bis zu den Augenbrauen reichen, so dass sie beim Hochziehen darunter verschwanden, wenn ich wollte. Zanele fragte, ob ich nicht ganz auf ihn verzichten wolle, er habe etwas Kindliches, dieser Pony. Ich sagte, ich würde sofort aufstehen.

»Okay, okay, easy, Joni.«

Mit nassen Haaren wurde ich auf den Stuhl gedrückt. Die Friseurin sagte auf Zulu etwas zu Zanele; sie dachte natürlich, ich verstünde sie nicht.

Es sei das erste Mal, dass sie glattes Haar schneide.

Jetzt wurde mir ganz beklommen zumute. Im Spiegel betrachtete ich meine glatten schwarzen Haare, meine Frisur. Ich hatte immer Wert auf eine richtige Frisur gelegt. Ich konzentrierte mich auf die Schere, während Zanele im Stuhl neben mir mit der Friseurin schwatzte. Ich ärgerte mich über das Zulu, das sie untereinander sprachen, es war unhöflich. Aber Zanele hatte mir schon öfter gesagt, dass ich dafür Verständnis aufbringen müsse.

Ich bezahlte zehn Rand und musste zugeben, dass sie es gut gemacht hatte. Ob Zanele ihr Haar auch schneiden lassen wolle, fragte ich. Erschrocken schüttelte sie den Kopf. Ich zupfte noch ein paar Haare zurecht und ging dann zufrieden mit Zanele aus dem Salon. Auf dem Weg zum Auto stupste sie mich an. »Siehst du wohl!« Wir nahmen uns vor, regelmäßig dorthin zu gehen.

»Aber dann auch für dich«, schlug ich vor.

»Du bist nicht bei Trost!«

Manchmal wusste ich nicht, ob sie sich über mich lustig machte, wenn sie mich so nachahmte, oder ob sie eine Bemerkung nicht richtig verstanden hatte. Ich musste darüber lachen. Im selben Augenblick machte ich mir klar, dass sie ihr Haar jedes Jahr bei der ersten großen Hitze ganz kurz schnitt, so kurz wie bei einem Mann, so dass tatsächlich nichts mehr daran getan zu werden brauchte.

Zu Hause angekommen, stieg Zanele aus, während der Motor lief; ich musste sofort weiter zum Krankenhaus. Es war nicht viel Verkehr, ich würde gerade noch pünktlich sein.

Als ich ankam, wurde ein schwer verletzter junger Mann eingeliefert. Das war mir noch nie passiert, so auf die Sekunde. Ich rannte auf meine Station, um mich schnell umzuziehen. Wie es passiert war, blieb etwas unklar, der Ernst der Lage jedoch nicht. Sein Gesicht war derart zugerichtet, dass es mir schwer fiel, ihn anzusehen. Vor allem das linke Auge, da gab es keine Hoffnung mehr. Die Augenhöhle war leer. Danach sah ich erst die vielen Schusswunden an seinem muskulösen Körper. Sein Herz pumpte einfach weiter. Blubbernd rann das Blut aus dem Körper. Albert hastete zu den Chirurgen, die es nach kurzer Überlegung noch versuchen wollten.

Am späten Nachmittag beschloss ich, bei Mike nachzufragen, wie es dem schwer verletzten jungen Xhosa ging. Seit Stunden hatte ich nichts mehr von dem tragischen Fall gehört. Das geschah häufiger, es war die reinste Irrenanstalt.

Auf seiner Station herrschte eine eigenartige Atmosphäre. Ich lief zu seinem Zimmer, klopfte an die Tür und machte sie gleichzeitig auf.

Mike saß ausgestreckt auf dem Bürostuhl, seine ganze Aufmerksamkeit auf einen hüpfenden Gummiball gerichtet. Er hatte mich nicht erwartet. Er setzte sich auf und legte den Ball auf seinen Schreibtisch, wo er sofort wieder herunterrollte. Während er sich bückte, erfuhr ich, dass die Operation zu schwierig gewesen sei, er habe nichts mehr tun können. Als er wieder hochkam, blickte er mich an. »So jung noch, so ein starker Körper …«

Ich nickte, es war auch mir aufgefallen. Mike sagte, das mache ihn völlig fertig. Ich sagte, das gehöre dazu, zum Beruf. Er fing an, vom Schicksal zu reden.

Ich hatte keine Lust, mir irgendwelches Gerede über das Schicksal anzuhören. Das Schicksal sei das Leben, habe man mich gelehrt, sagte ich.

Es dauerte eine Weile, bis etwas wie Begreifen auf seinem Gesicht zu lesen war. Er sagte nichts weiter. Der kleine gelbe Gummiball wurde ein paarmal hin und her gestoßen, Mikes Augen waren ganz darauf konzentriert.

Es war das erste Mal, dass er mich nicht anblickte, obwohl wir allein waren. So ist das nach einem Todesfall, dachte ich. Ich bedankte mich für die Information.

Warum ich so kühl sei, fragte er in dem Augenblick, als ich die Hand am Türgriff hatte.

Ich blieb stehen. »Wie bitte?«

Er neigte den Kopf ein klein wenig zur Seite, und wegen des Abstands zwischen uns schien es, als musterte er mich. Um mich weniger nackt zu fühlen, verschränkte ich die Arme vor der Brust. In seiner rechten Hand drehte er den Ball, während er weiterhin meinen Oberkörper musterte, als würden meine Arme nicht die Sicht versperren.

Ich fühlte eine Spannung, auf die ich nicht vorbereitet war. Sein Blick bekam etwas Bedrängendes, wie beim letzten Mal.

Das hatte bestimmt noch ein Nachspiel.

Nach vierzehn Arbeitstagen am Stück hatte ich einen ganzen Tag frei. Nicht, dass ich irgendeinen Nutzen darin sah, aber ich hatte einen freien Tag.

Während ich mich anzog, hörte ich jemanden über den Flur laufen. Den schnellen Schritten nach zu urteilen war es Shanla. Meine Jeans hatte ich schon zugeknöpft, ich zog mir noch schnell ein T-Shirt über den Kopf.

Shanla, in der rechten Hand ihr Glas mit dem Schraubdeckel, sagte, sie wolle mir etwas zeigen. Schon als sie näher kam, sah ich, dass sie etwas Scheußliches gefangen hatte. Mit noch breiterem Lächeln als sonst hielt sie mir das Glas vors Gesicht.

»Igitt, Shanla!«

Sie lachte laut und sagte, dass das Tier so dumm gewesen sei, über dem Plattenweg herumzufliegen. Ich sah etwas, das wie eine Kreuzung zwischen einer Biene und einer Spinne aussah, der Körper jedenfalls glich dem einer Biene, die Beine sahen aus wie die einer Spinne. Widerlich! Ich wollte gar nicht daran erinnert werden, welche Insekten hier lebten. Ich hatte mehr Angst vor den Insekten als vor den Säugetieren dieses Landes.

Was sie jetzt damit tun wolle, fragte ich. Es war noch nicht sieben Uhr morgens, und schon hatte sie den Fang des Tages gemacht. Sie wolle es Gibsan zeigen. Sie fügte hinzu, diese Spinne laufe meistens auf dem Boden, im Sand, und fliege nur selten. Deshalb fliege sie schlecht und sei leicht zu fangen.

Ich bemerkte, dass sie eigentlich einer Biene ähnele.

»Biene?«

Sie schüttelte den Kopf, sehr schnell, zum Zeichen, dass ich mich gründlich irrte.

»Biene macht Honig, diese dumme Spinne kann nix!«

Gebannt starrte sie ins Glas, in dem die Bienenspinne mehr kroch als flog.

»Guck«, sagte sie, »sie hat sogar noch bisschen Sand an Füßen.«

Man sah vielleicht zwei Sandkörnchen. Gewöhnlicher Staub, wie alles hier Staub war.

»Mmmm«, sagte Shanla.

Ich fragte, ob sie wisse, warum alles so staubig sei. Ich selber dachte, dass es an den Straßen liege, weil sie nicht asphaltiert waren, jedes vorbeikommende Auto jagte Staubwolken auf. Asphalt sah man hier kaum.

Nach einer kurzen Denkpause meinte sie, es habe etwas mit dem Wind zu tun. Weil er so selten wehe, könne der Staub nie wegwehen. Das habe ihre Mutter ihr einmal erklärt. Sie machte dasselbe ernste Gesicht wie beim Lesen.

Mit hochgezogenen Augenbrauen sah ich sie an. »Macht der Wind es nicht gerade schlimmer?«

Sie schüttelte den Kopf.

»Joni?«

»Ja?«

»Was ist Unterschied zwischen Sand und Staub?«

Ich schwieg einen Augenblick. »Sand kommt vom Meer«, sagte ich dann. Interessiert sah sie mich an. »Das Land liegt darauf, und hier bei uns merkst du es daran, dass es so viele freie Flächen gibt. So wie wir die große Wüste haben. Aber man kann es auch gut erkennen, wenn man am Strand ist.«

An ihrem fragenden Blick sah ich, dass sie keinen Strand kannte.

»Meistens besteht Staub aus ganz unterschiedlichen trockenen Teilchen. Wir nennen es nur so, als Sammelbegriff. Staub bewegt sich leicht und weht auch hoch.«

Sie fragte sich wahrscheinlich, welche Rolle der Wind nun spielte. Noch immer blickte sie mich ernst an.

Ich wollte wissen, ob der Deckel auch gut geschlossen sei, sonst würde das widerliche Tier gleich frei im Haus herumfliegen. Sie nickte. Ich ging zur Treppe.

»Alles Sand«, murmelte sie.

Und Staub, dachte ich. Ich überlegte, ob ich es gut erklärt hatte, ob sie jetzt nicht alles durcheinander werfen würde, ob das Ganze überhaupt stimmte. Ich wollte sie mitnehmen zum Kap, um ihr den Strand zu zeigen. Dann würde sie mit mir zusammen die Kraft des Meeres spüren, und ich würde sie dabei keine Sekunde loslassen. Danach würde Zanele uns mit ausgebreiteten Handtüchern erwarten.

Als ich unten war, fragte Zanele, ob wir, da ich den Tag freihätte, vielleicht die Einkäufe mit dem Auto erledigen könnten, dann brauche sie in der Hitze nicht zu laufen. Ich schlug vor, jetzt sofort ins Dorf zu fahren.

Eine Viertelstunde später stieg sie ein, mit nackten Füßen. Ich fragte sie, ob sie ihre Schuhe nicht anziehen wolle, und zeigte auf das Paar, das sie in der Hand hielt. Sie schüttelte den Kopf. Sie hasste Schuhe.

Shanla blieb zu Hause und spielte unter dem großen Baum an der Ecke. Sie saß dort mit dem Töchterchen von Happy, der Putzfrau unserer afrikaansen Nachbarn, ihr Glas in der Hand. Aus der Entfernung konnte ich nicht erkennen, ob sie das Tier schon freigelassen hatte. Als wir losfuhren, rief sie etwas.

Ich schüttelte den Kopf. Und Zanele war meiner Meinung: Eis kam nicht infrage.

Ein Stück weiter sah ich Mbufu im Gras liegen. Er winkte uns zu. Neben ihm lagen hellgrüne Pflanzenreste, vermutlich die Schalen eines Maiskolbens. Den Kolben selbst hatte er bestimmt wieder irgendwohin geschleudert. Zanele erzählte zum x-ten Mal, dass er keine Arbeit finde. Weil er nichts könne. Und weil es keine gebe. Ich schlug vor, einmal im Krankenhaus nachzufragen, ob in der Wäscherei vielleicht eine Stelle frei sei. Sie bezweifelte, dass er das könne. »Warum traust du ihm eigentlich so wenig zu?« Sie kurbelte das Fenster herunter, sie wollte Wind haben. Ich schwitzte. Zanele nicht. Ich brauchte mich bei der Hitze gar nicht erst zu bewegen, um zu schwitzen. Zanele blieb immer trocken. Sie gab keine Antwort.

Ob sie mir die Sonnenbrille aus dem Handschuhfach geben könne, bat ich. Mit der Sonnenbrille am Steuer kam ich mir vor wie meine Mutter.

Ich fragte Zanele, ob sie wisse, wie es mir beim ersten Mal hier im Supermarkt ergangen sei. Nein, da habe sie noch nicht bei mir gewohnt. Seitdem ging ich selbst nur noch selten hin. Ich erzählte ihr, dass mich die schwarze Kassiererin beim Bezahlen zurechtgewiesen habe. Ich hatte die Wahl zwischen vier Sorten Zucker, die ich alle nicht kannte, aber die, für die ich mich schließlich entschied, wurde normalerweise nicht von Weißen gekauft. Die Kassiererin forderte mich auf, das Päckchen umzutauschen. »Zucker ist Zucker«, sagte ich.

Zanele musste lachen, sie wusste genau, welche Marke ich genommen hatte. »Unsere neue Apartheid!«, rief sie.

Wir hielten an der Kreuzung. Ein fetter Brummer flog

ins Auto. Zanele versuchte, ihn zu erwischen. Jedes Mal, wenn sie daneben schlug, fluchte sie. Und plötzlich hielt sie mir ihre offene Hand ganz nah vors Gesicht.

»Pfui! Tu das weg!«

Sie besah sich den kleinen Kadaver und sagte, sie habe ein Beinchen abgeschlagen. Mir wurde schlecht. Ich sagte, jetzt wisse ich, woher Shanla dieses widerliche Interesse habe. Sie lachte stolz.

Ob mir auch aufgefallen sei, dass Fliegen immer denselben Weg nähmen, immer gegen dieselbe Scheibe stießen, fragte sie. Wenn sie den Brummer nicht getötet hätte, wäre er nie mehr aus dem Auto herausgekommen. Sie schien sich ihrer Sache ganz sicher zu sein.

»Wie Weiße in Township, kommen nicht raus, nicht lebendig«, sagte sie, während sie ihren Fang aus dem Fenster warf.

Und wie immer, wenn wir über Townships sprachen, warnte sie mich. Dass ich nie aus Versehen falsch abbiegen dürfe, dass ich immer genau auf den Weg achten müsse.

Ich fragte sie, ob sie schon überlegt habe, was wir aus dem Supermarkt bräuchten, ich hätte keine Lust, dort stundenlang herumzulaufen.

Sie stupste mich an. »Easy.«

Wie nicht anders zu erwarten, schlenderten wir schon über eine Stunde durch den Pick 'n Pay.

Bei den Süßigkeiten fragte ich, was Shanla am liebsten möge. Zanele zeigte, ohne hinzusehen, auf die sauren Drops. Sie war abgelenkt. Zwei Männer in unserer Nähe erregten ihre Aufmerksamkeit. Ich drehte mich um. Jetzt sah ich sie auch. Sie hatten sich eine Tüte Chips genommen und waren dabei, sie ruck, zuck leer zu essen. Wir blickten uns an, ohne etwas zu sagen. Mit zwei Tüten saurer Drops im Einkaufswagen gingen wir weiter.

Sie fragte, ob ich wisse, wie die Schwarzen diesen Supermarkt nannten.

Ich schüttelte den Kopf.

»Pick no pay.«

Ich lachte laut auf.

»Jeder sagt das, jeder!«

Sie zeigte auf die Kühltruhe mit Hähnchen. »Immer nur das.« Mbufus Vater wollte anscheinend nie etwas anderes. Ich fragte, wann Mbufu wieder zu ihm gehen würde. Letztes Mal hatte er keinen Cent von ihm bekommen.

Als wir endlich in der Schlange vor der Kasse standen, schlug sie vor, sich schon mal auf die andere Seite zu stellen, um gleich alles in Tüten zu packen.

»Auf gar keinen Fall, das machen wir zusammen.«

»Krchch.«

Ich krchchte zurück. Zum ersten Mal.

Zanele stupste mich an. Sie machte mich nach. Und ich sie. Wir machten einander nach, immer lauter. Alle blickten zu uns herüber. Mir machte es nichts aus. Aber Zanele sehr wohl. Nach kurzem Blickkontakt mit einer anderen Frau war sie sofort still. Ich fragte, was los sei. Zanele legte den Finger an den Mund.

Auf dem Rückweg hielten wir bei den Postschließfächern, um zu sehen, ob etwas für uns gekommen war. Ich sah keinen Sinn darin, wir bekamen nie Post. Ich wartete im Auto. Langsam stieg Zanele aus. Nie änderte sie ihr Tempo. Sie holte den Schlüssel aus der Tasche und öffnete das Postfach. Ich sah schon vom Auto aus, dass es leer war. Sie schloss das Postfach wieder ab und gab ihm einen Klaps. Dann kam sie zurück und schüttelte den Kopf. »Keine Post, Joni.«

Um aus dem Dorf hinauszufahren, musste man noch einmal am Supermarkt vorbei.

Pick no pay.

Mit einer Art kleiner Flöte kam Shanla auf uns zugerannt. Sie hatte sie von Gibsan bekommen, sie wusste nicht, woher er sie hatte. Ein Holzstöckchen mit ein paar Löchern darin. Sie hielt es sich mit beiden Händen vor die Augen. Ich fragte, ob sie die Flöte schon ausprobiert habe.

»Selber noch nicht«, sagte sie. Aber Gibsan habe ihr gezeigt, wie man es machen müsse. Ich sagte ihr, dass sie nichts von ihrer Flöte habe, wenn sie sie nur anschaue. Vorsichtig hob sie die Flöte an den Mund und begann zu blasen. Es kam kaum ein Ton heraus. Sie setzte sich auf den Boden und blies mit voller Kraft.

Zanele packte die Einkäufe aus, und ich beschloss weiterzuarbeiten. Ich nahm mir die letzte Akte von gestern vor, ein unklarer Fall. Wir mussten die Ergebnisse der Blutprobe abwarten, der Patient hatte wahrscheinlich Aids.

Ein paar Stunden später hörte ich Shanla drei Töne hintereinander spielen. Ich beobachtete sie vom großen Küchenfenster aus. Plötzlich musste ich an meine erste Oper denken und wie schön ich mich angezogen hatte. Oma Anne hatte mir wochenlang davon erzählt, und auch die Musik hatten wir uns vorher angehört, das würde den Opernbesuch noch wertvoller machen. Ich sollte auf die Details achten, auf die Dreiheit, die Zahl Drei, das Zeichen der Freimaurer. Und der Weisheitstempel – ganz ausführlich hatte sie davon erzählt. Ich erinnerte mich, wie wir Arm in Arm die Oper betraten und wie groß ich mir dabei vorkam.

Als Shanla mich bemerkte, hörte sie auf zu spielen. Sie hielt das Stöckchen in der Hand und blieb in der Tür stehen.

Die Küche hatte zwei Türen. Die Hintertür ließ Zanele den ganzen Tag offen, so dass sie Shanla hören konnte, die auf dem Plattenweg spielte. Manchmal, wenn sie irgendwo im Haus zu tun hatte, schloss sie das große Eisentor ab, damit sie auch die innere Küchentür offen lassen konnte. Auf diese Weise hörte sie dann auch Gibsan rufen, wenn er wieder einmal halb nackt am Zaun stand.

»Lesen doch schöner«, sagte sie.

Ob wir lesen könnten.

Ich nickte, es war schließlich mein freier Tag.

Noch nie hatte ich so lange auf dem Plattenweg gesessen wie an dem Nachmittag. Nachdem wir mindestens eine Dreiviertelstunde gelesen hatten, stand Shanla auf. Konzentriert begann sie allerlei Tanzschritte zu vollführen, ihre nackten Füße waren die Steinplatten gewöhnt. Sie kannte die unterschiedlichsten Schritte, ich sollte sie alle sehen. Manchmal war es einfach Hüpfen, andere Schritte hatte sie eindeutig von jemandem gelernt. Sie bewegte sich wie eine Tänzerin. Ich betrachtete sie aufmerksam. Ihre Beine wirkten mager, sie waren lang im Verhältnis zum übrigen Körper, der noch nicht viel Form hatte. Allerdings bildeten sich schon kleine Brüste.

Panik auf der Station. Ich war gerade gekommen und machte mich sofort auf die Suche nach Albert. Seine Assistentin sagte, er sei nicht da. Aber Albert hatte doch Dienst, oder?

Unser Krankenwagen sei gestohlen worden.

»Gestohlen?« Und wo war Albert?

Sie berichtete, dass Albert sich sofort zur Polizei aufgemacht habe, es handele sich um eine ernste Sache.

Aber was sollten die Leute, um Himmels willen, mit einem Krankenwagen anfangen? Den würde man doch sofort wiederfinden. Alberts Assistentin berichtete, dass sie den in der Township kurzerhand umspritzen. Sie landeten einen besseren Coup, als wenn sie ein normales Auto stehlen würden. Jetzt hätten sie sowohl ein Auto als auch Apparate, Gerätschaften und die anderen Dinge von Bord des Krankenwagens.

Zuerst dachte ich noch, dass es hier auf dem Gelände passiert sei, aber als ich hörte, dass unser Chauffeur am Steuer gesessen habe und dass Steve, einer der Pfleger, mitgefahren sei, begriff ich, warum die Panik so groß war.

Albert saß inzwischen schon eine Weile auf dem Polizeirevier. Unsere beiden Kollegen waren den Dieben natürlich im Weg gewesen, sie hatten kaltgemacht werden müssen. Je schneller, desto besser.

Sowohl Thabi als auch Steve arbeiteten schon seit Jahren bei uns. Thabi war schwarz, aber ob das etwas änderte?

Die Assistentin schüttelte den Kopf.

Ich schlug vor, wieder an die Arbeit zu gehen, es seien genug Patienten da. Auf dem Weg zum ersten Zimmer erzählte Alberts Assistentin, es habe sich um einen ganz normalen Notruf gehandelt. Aber weil zu wenig Personal da gewesen sei, seien sie nur zu zweit gefahren. Das geschah öfter. Meistens ging es nur ums Einladen, und dann fuhr man schnell zurück zum Krankenhaus. Nach Ansicht der Assistentin war es nur gut, dass kein Dritter dabei gewesen war. »Die schneiden ebenso leicht zwei wie drei Kehlen durch.«

Mir wurde übel. Ich sah die beiden vor mir, Thabi und

Steve an einen Baumstamm gefesselt, mit durchgeschnittenen Kehlen. Und das alles wegen so eines Mistwagens. Wie war es möglich, dass wir nie daran gedacht hatten? Es war so einfach, uns reinzulegen, den Krankenwagen ohne Grund in ein bestimmtes Viertel zu bestellen.

Das Personal für die Krankentransporte musste bewaffnet sein, so etwas durfte nie wieder passieren.

Ein paar Stunden später kam Albert zurück. Es gab noch keine Meldungen, keine Spur. Er sah elend aus. Er wollte sich nicht weiter darüber auslassen. Wir verloren kein Wort über den Vorfall, bis zu dem Tag, als er zu Steves Identifizierung gerufen wurde, gut eine Woche später. Ob ich länger arbeiten könne, er müsse aufs Polizeirevier. Natürlich, sagte ich. Sofort ergriff ich die Gelegenheit zu fragen, ob wir das Personal für die Krankentransporte zukünftig bewaffnen könnten. Mit oder ohne Genehmigung.

Albert schüttelte den Kopf. »Wir sind keine Cowboys.«

Ich zog die Brauen hoch. »Wenn deine Umgebung aus Cowboys besteht, verlierst du alle deine Pferde.«

Er sah mich voll Verachtung an.

Ob dieses Land enden solle wie der übrige Kontinent, fragte er.

Ja, vielleicht, dachte ich. Vielleicht ist der Gott Afrikas selbst ein Cowboy.

Nachdem die Beleuchtung in meinem Arbeitszimmer mehrmals Kurzschlüsse ausgelöst hatte, fragte ich Gibsan, ob er einen Elektriker kenne. Ja, er werde das schon regeln. Wann der Mann kommen würde, wisse er nicht, aber er werde sich bemühen. Am selben Abend noch, eine halbe Stunde, nachdem Zanele sich zur Nacht verabschiedet hatte, klopfte es laut an meine Haustür. Jemand rief auf

Zulu, dass er von Gibsan geschickt worden sei, um nach dem Licht zu sehen.

Ich öffnete. Vor mir stand ein Mann in kurzer Hose, ohne Handwerkszeug. Er entschuldigte sich, er spreche nur Zulu. Das würden wir schon hinkriegen, antwortete ich. Dennoch beschloss ich, Zanele rasch zu holen; sie konnte besser erklären, was mit der Beleuchtung nicht stimmte. Ob er kurz warten könne.

Ich eilte über den Plattenweg zu Zaneles Zimmer und klopfte an die Tür. Ich hörte Wasser rauschen, aber niemand reagierte. Wahrscheinlich hatte sie mich nicht gehört. Vorsichtig öffnete ich die Tür. Aus den Augenwinkeln sah ich Mbufu unter der Dusche stehen, sonst war niemand da. Ich tat einen Schritt zurück, aber er hatte mich schon gesehen. Ich entschuldigte mich sofort.

Mbufu öffnete den Mund und ließ Wasser hineinlaufen. Sein Geschlecht lachte mich an, ich konnte die Augen nicht abwenden. Er fragte, was ich wolle.

»Wo ist deine Mutter? Ich brauche jemanden, der Zulu spricht«, stotterte ich.

Sie mache gerade einen Besuch bei Happy, ein Stück die Straße runter. Ob er mir helfen könne?

Bis jetzt hatte er sich nie besonders hilfsbereit gezeigt, aber schließlich hatten wir uns auch noch nie richtig unterhalten. Und schon gar nicht nackt.

»Nein, lass nur, du brauchst dich nicht zu beeilen, ich kriege das schon allein hin.« Beinahe hätte ich gesagt, dass er einen wundervollen Körper habe.

Mbufu nickte und drehte sich um. Ich schaute etwas zu lange hin, bevor ich aus dem Zimmer ging.

Der Elektriker stand noch immer in der Diele, ohne sich zu rühren.

»Kommen Sie bitte mit.«

Während ich ihm zeigte, wo der Kurzschluss war, ohne das Wort »Kurzschluss« zu kennen, hatte ich Mbufus Bild noch vor Augen. Ich hatte es noch nie mit einem Schwarzen gemacht, überlegte ich. Obwohl ich schon jahrelang hier wohnte und neunzig Prozent der Bevölkerung schwarz waren.

Aus dem leeren Blick, den der Mann auf meine Lampen warf, schloss ich, dass er nichts davon verstand. Er rührte sich nicht vom Fleck, schaute nur ziellos herum. Nach einer kurzen Stille sagte er, er sehe nicht, was los sei. Wahrscheinlich müsse ich die Lampen auswechseln – mehr fiel ihm nicht ein.

Ich hatte das so satt, all die Jahre schon. Wenn etwas kaputt ist, musst du es auswechseln. Reparieren geht nicht. All die Autowracks am Straßenrand. Auch Zanele hatte ich schon vorgeworfen, dass sie viel zu schnell sage, etwas müsse weggeworfen werden, obwohl das überhaupt nicht nötig sei. Ich seufzte und bedankte mich für sein Kommen. Ob er von weit her sei. Er schüttelte den Kopf. Ein Cousin von ihm sei ein Freund von dem Jungen, der hier an der Straßenecke arbeite, im ersten Haus, und der habe ihn mittags im Auftrag von Gibsan gebeten, mal eben bei mir vorbeizukommen.

Ob er Elektriker von Beruf sei, fragte ich.

Nein, er arbeite auf dem Land, jeweils die erste Hälfte der Woche.

Danke, Gibsan.

Ich fragte, ob ich ihm etwas schuldete.

Wenn ich Coca-Cola im Haus hätte, würde er das schon mögen. Ich gab ihm eine Flasche mit. Nach einer übertriebenen Verbeugung drehte er sich um. Während er den Deckel von der Flasche schraubte, verließ er das Haus.

Ich ließ mich auf das Sofa fallen. Ich würde jemand anderen bitten, nach der Beleuchtung in meinem Arbeitszimmer zu schauen.

Es klopfte an der Küchentür. Ich schrak auf. Bestimmt war es Zanele, die gehört hatte, dass ich bei ihr gewesen war. Ich rief, sie könne hereinkommen.

Da stand Mbufu. Ich setzte mich aufrecht hin und konnte es nicht lassen, einen Blick auf seinen Schritt zu werfen, auch wenn er jetzt eine Hose trug.

Er fragte, ob es geklappt habe.

»Eigentlich nicht. Gibsan hat einen Landarbeiter geschickt, um nach dem Licht zu sehen.«

Mbufu lachte und blickte sich um. In seinem Zulu-Englisch sagte er, dass er nur selten hierher käme, er habe hier nichts zu suchen. »Bleib doch einen Augenblick«, sagte ich.

Er antwortete nicht.

Ich fragte, wie es eigentlich komme, dass er kaum Afrikaans spreche.

Er erzählte, dass er in einer anderen Gegend aufgewachsen sei als Shanla. Dazu komme noch, dass er nicht gern rede. Ob mir das nie aufgefallen sei? Ich lächelte. Die Tatsache, dass er mit seiner Mutter und seiner Schwester und auch mit den Leuten auf der Straße Zulu sprach, war natürlich nicht besonders förderlich. Ob er deshalb keine Arbeit finde?

Mbufu lächelte. »Dust.«

Er zeigte mit dem Finger auf seinen Kopf und wiederholte mit spöttischem Blick: »Dust.«

»Dust?«

»Yeah, you know, dust, like on road.«

Ich nickte, ohne zu begreifen, wie er darauf kam.

»Is what my mom say.«

Allmählich verstand ich.

»But not true. Is no jobs, that's it.«

Das hörte sich schon besser an. Wie konnte Zanele so etwas zu ihrem Sohn sagen? Ein Kopf voller Staub? Wie konnte sie so abfällig reden!

Ich sagte, dass man tatsächlich kaum Arbeit finde. Er wusste nichts von dem Vorschlag, den ich seiner Mutter gemacht hatte, dass ich mich im Krankenhaus nach Arbeit für ihn umhören wollte. Für einen Augenblick leuchteten seine Augen auf, aber dann verfiel er wieder in Mutlosigkeit. Das gefiel ihm nicht, so weit jeden Tag. Und was könne er da schon machen? Er sei nie zur Schule gegangen.

Ich entschuldigte mich noch einmal für mein plötzliches Erscheinen. Er sagte, das sei kein Problem, seine Schwester würde auch oft zuschauen, wenn er dusche. Ich wunderte mich, dass sie keinen Vorhang hatten.

Ich versuchte, unser Gespräch über die Arbeit fortzusetzen.

Aber er war nicht länger Zaneles Sohn, sondern ein siebzehnjähriger Mann.

Im Vorbeifahren hatte sie mir von weitem manchmal die Gegend gezeigt, ungefähr eine halbe Stunde von hier entfernt. Abgesehen von der Gegend und dem Namen Madam Brenda wusste ich kaum etwas über ihre vorige Arbeitsstelle. Sie hatte dort anscheinend lange Zeit gearbeitet.

»Richtige Afrikaander.« Sie schnitt das Huhn in kleine Stückchen.

»Darunter kann man alles Mögliche verstehen!« Sie könne dreckige Faschisten meinen oder dicke Bauern. Oder dreckige rassistische dicke Bauern.

Nein, sie seien nicht rassistisch gewesen, aber Madam Brenda habe sich mit Schwarzen schwer getan. »Trauma«, fügte Zanele stolz hinzu, sie sprach das Wort genauso aus, wie ich es ihr beigebracht hatte, das »au« hatten wir tüchtig geübt.

Ich fragte, was für ein Trauma sie denn habe.

Zanele unterbrach das Schneiden und blickte mich an. Sie wischte die rechte Hand an der Schürze ab.

Eines Sonntagmorgens hatte sich Madam Brenda mit ihrer neunjährigen Tochter zu Fuß auf den Weg zur Kirche gemacht. Das Mädchen hatte seinen Hut vergessen, was sie schon bemerkten, als sie noch keine zwei Minuten von zu Hause entfernt waren. Es war zu warm, um ohne Hut unterwegs zu sein. Die Kleine lief zurück, um den Hut zu holen. In den zwei Minuten nahmen Landarbeiter sie mit. Und das in einem ganz kleinen Dorf, wo man sogar in den Jahren der Apartheid unbehelligt herumlaufen konnte. Madam Brenda wunderte sich, weshalb es so lange dauerte, den Hut zu holen. Eine Viertelstunde später fand sie ihre Tochter. Blutüberströmt. Ihr einziges Kind. Danach sind sie umgezogen, nach Gauteng.

»Madam Brenda nichts erzählt, weiß ich von ihrem Mann, als ich frage, warum meine Freunde nicht dürfen kommen, nur Freundinnen.«

Zanele machte weiter. Sie kippte Reis aus dem großen Paket in einen Topf mit kochendem Wasser. Das alles habe mit Alkohol zu tun, fuhr sie fort, daran seien die Weißen schuld; das war eine ihrer Theorien. Vor allem um Kapstadt herum, wo Madam Brenda herkam, wo so große Weinbaugebiete seien und die Landarbeiter angeblich mit Alkohol bezahlt würden. Ich glaubte das nicht. Sie brauchten doch Geld für ihre Familien, oder?

»Stimmt«, sagte Zanele. Aber das sei nur ein kleiner Teil. Wie auch immer. Die Männer würden alle mit der Zeit alkoholsüchtig und das ganze Geld für Alkohol ausgeben.

»Was für Gemüse machst du?«

»*Mielies*«, sagte sie mit einem kleinen Lächeln und hochgezogenen Brauen. Sie war selber versessen auf Mais.

Geschichten wie die von Brendas Töchterchen hörte man so oft, dass sie einen immer weniger berührten. Zu Anfang beschäftigten sie einen stundenlang, und ich stellte mir die Kinder konkret vor. Das machte mich ganz krank. Inzwischen befasste auch ich mich mit allgemeinen Theorien, mit dahintersteckenden Überlegungen und Erklärungen. Aber ob alles dem Alkohol zuzuschreiben war, bezweifelte ich.

»Wie lange hast du da eigentlich gearbeitet?«

Sie musste nachdenken und begann laut zu zählen. Es sei langweilig gewesen, sagte sie.

»Wieso?«

Sie hob die Schultern, eine Bewegung, die auch ihren Körper sofort langweilig machte.

»Madam hat nix geredet«, sagte sie, während sie das Huhn im Öl wendete.

Ein paar Minuten später ging Zanele mit dem heißen Gemüsetopf zum Ausguss, hielt den Deckel dagegen und ließ das Wasser schräg herauslaufen.

Ob wir nicht doch mal ein Sieb anschaffen sollten, fragte ich.

»Nicht nötig, gut so«, sagte sie mit dem Rücken zu mir, über den Ausguss gebeugt. Ich rückte ein Stück nach hinten.

Sie kochte viel mehr *Mielies*, als wir essen konnten. Das machte sie immer so. Mais wurde gleich für das Mittagessen am nächsten Tag mitgekocht. Ein Maiskolben pro Person war ausreichend. Dabei wurden natürlich nur die Kolben gegessen. Was mit den Schalen passierte, war unwichtig, man fand sie überall auf der Straße.

Ob ich meine Beine von der Anrichte nehmen wolle? Ich saß weit genug vom Essen entfernt, daher sah ich die Notwendigkeit nicht ein, aber ich ließ meine Beine wieder über dem Mülleimer baumeln.

Als der Mais genug gekocht hatte, entfernte sie die Schale von einem Kolben und schnitt die Körner sorgfältig ab. Sie landeten auf meinem Teller. Ich war die Einzige im Haus, die den Kolben nicht abnagte. Zu Anfang hatte ich das ein paarmal getan, aber ich mochte es nicht, wenn die Spelzen zwischen den Zähnen hängen blieben.

»Deine Zähne nicht dafür gemacht«, sagte sie, als vertrügen die Zähne von Weißen keine Spelzen.

Lesend stieg ich die Treppe hinauf. Dabei stieß ich mit Zanele zusammen, die gerade den Treteimer aus dem Badezimmer nach unten brachte. »Sorry.«

Sie sagte, das sei nicht schlimm, und ging weiter in mein Arbeitszimmer. Ich kannte ihre Route. Von meinem Arbeitszimmer aus, wo sie den Papierkorb mitnahm, zur Küche, um da den Hausmüll zusammenzukippen. Der nächste Müllsammelplatz lag etliche Straßen weiter. Gibsan nahm unsere Säcke mit, das hatte Zanele so geregelt. Er erledigte das offenbar auch für die drei anderen Häuser in der Straße, aber nur für Zanele umsonst. Er holte die Säcke mit einer Karre ab; zum Tragen waren sie zu schwer. Außerdem lagen die vier Häuser weit auseinander. Ich hatte

Zanele einmal erklärt, dass in den Niederlanden an einer so langen Straße gut dreißig Häuser stünden. Sie hatte mit den Schultern gezuckt.

Der Müllplatz wurde beinahe jede Woche geräumt, wenn auch an einem beliebigen Tag. Wenn man sich einem Müllplatz näherte, schlug einem faulige Luft entgegen. Egal, ob die Autofenster offen oder geschlossen waren. Abgesehen vom Gestank waren diese Plätze auch an den vielen jungen Leuten zu erkennen, die sich dort herumtrieben. Einmal, als wir an einem solchen Herumtreibermüllplatz vorbeikamen, hatte Zanele mir erzählt, welche Art von Geschäften dort abgewickelt würden. Geschickte Jungen verständen es, etwas daraus zu machen. Mbufu nicht. Noch nie habe er etwas zustande gebracht, es sei zum Verzweifeln. Um mir zu beweisen, dass sie selbst ihr Möglichstes getan habe, berichtete sie von den »Autoreifenwochen«, die sie über irgendjemanden für ihn organisiert hatte. Abends sei er mit genauso vielen alten Autoreifen wiedergekommen, wie sie ihm morgens mitgegeben hatten. Nach drei Reifenwochen hatte Mbufu angefangen, an seinen Nägeln zu kauen. Zanele verzog das Gesicht. Das war eine Sache, die sie immer wieder ärgerte. So wie die Kappe. Die zu kleine Kappe, die abzunehmen er sich strikt weigerte.

»Er hat hier hässliche Strich«, sagte sie und zog mit dem Zeigefinger einen horizontalen Strich über die Stirn. Dann schüttelte sie den Kopf, als könnte sie damit den Strich und ihren Ärger von sich abschütteln.

»Unsinn, Zanele, ich habe ihn schon ohne Kappe gesehen. Er hat da überhaupt nichts.«

»Nein, ist doch schwarz!«

In der Küche kippte sie den Müll aus den kleinen Abfalleimern in den großen Müllsack. Ich kam noch einmal zurück, um mir etwas zu trinken zu holen. Dabei wollte ich sie nicht stören und beachtete sie nicht weiter.

»Joni?«

Mit fragend hochgezogenen Brauen drehte ich mich zu ihr um.

»Vielleicht bisschen komisch, aber ich kapier nicht, schon seit wir hier wohnen, lange, aber ich mochte nicht fragen.«

»Was ist denn?«

Sie sah mich an. »Ist nie Verband drin.«

Verband?

Ich begriff nicht.

»Hier drin«, sagte sie, den Treteimer aus dem Badezimmer in der Hand.

Ich sah sie fragend an.

»Oder was anderes. Jeden Monat.«

Der Abfall im Treteimer. Dass jemand sich damit befassen würde, wäre mir nie in den Sinn gekommen. Geschieht das von selbst, wenn man ihn auskippt? Ist man dann neugierig auf den Inhalt? Es passte nicht zu ihr, mich so in Verlegenheit zu bringen. Offenbar hatte sie schon lange über dieser Frage gebrütet.

Ich fühlte mich ertappt, ertappt bei etwas, das nicht da war. Das Fehlende hatte mich verraten. Ich wandte mich ab, damit sie nicht sah, dass ich rot wurde. Wie sollte ich reagieren?

Ich starrte den weißen Fliesenboden an. Hätte sie etwas Ungewohntes gefunden, hätte ich es verstanden. Ich spürte keine Bewegung hinter mir. Wahrscheinlich stand sie noch mit dem Treteimer in der Hand da und wartete auf eine Antwort. Ich sah auf den Fußboden, langsam verschwanden die Fugen. Eine große weiße Fläche.

Sie war entschlossen, sich nicht zu rühren, bis ich geantwortet hatte. »Kannst du vielleicht erst mal den Deckel zumachen?«, bat ich irritiert. Sie ließ ihn sofort los.

Sie blickte mich streng an, als wolle sie mir klar machen, dass es um ein ernstes Thema ging, das nun zufällig zur Sprache gekommen war.

Ich verhielt mich wie meine Mutter, die sich weigerte, auf die Bemerkungen meines Vaters einzugehen.

»Warum keine Antwort?«, fragte Zanele.

Mein Vater sagte das auch, wenn es ihm zu lange dauerte. Ich erinnerte mich an die Standardantwort meiner Mutter und lächelte. »Weil du keine Frage gestellt hast.«

Zanele war nicht so leicht aus der Fassung zu bringen. »Okay, dann anders, warum ist nie Verband im Eimer, wie ist das möglich?«

Sie blieb geduldig, sie stand aufrecht da und wartete. Diesmal wusste sie, dass sie mit einer Antwort rechnen konnte.

»Du meinst …«, sagte ich. Meine Stimme überschlug sich.

Sie nickte hastig und zu oft, um mir klar zu machen, dass sie genau das meine.

»Ich benutze keine Binden.«

»Ja, weiß ich, aber auch nichts anderes, wie ist das möglich?«

Ich sah ihr in die Augen und schluckte. »Ich blute nicht, Zanele.«

»Eh?«

Ich presste die Lippen zusammen. Ihre Haltung veränderte sich sofort, sie neigte den Kopf ein wenig zur Seite und streckte ihn vor, so dass sie nicht mehr aufrecht zu stehen schien. Wie immer, wenn sie mich nicht verstand, kam sie ein wenig näher.

Sie ließ den Blick über meinen Körper gleiten, um sicher zu sein, dass ich so jung war, wie sie dachte, um sicher zu sein, dass es nichts mit dem Alter zu tun hatte. Sie krauste die Stirn. »Du bist jung.«

Es war still. Ich brachte kein vernünftiges Wort heraus.

Sie starrte mich weiterhin an. »Sorry für Fragen, Joni, sorry …«

Ohne zu trinken, ging ich aus der Küche. Plötzlich war da wieder dieses Gefühl der Aussichtslosigkeit. Eine Leere machte sich in meinem Kopf breit und zugleich auch in meinem Bauch. Ich ging ins Arbeitszimmer, schloss die Tür, was ich fast nie tat, ließ mich auf den Stuhl fallen und spürte den Hass wieder in mir aufsteigen.

Ich schüttelte den Kopf, ich durfte ihr nicht die Schuld geben. Seit dem Nachmittag zu Hause, als ich begriff, was mit mir los war und was meine Mutter mir angetan hatte, indem sie mir nie erzählte, was sie eingenommen hatte, seit jenem Nachmittag konnte ich einfach nicht anders, als sie verantwortlich machen. Sie war sich des Ernstes der Situation bewusst und vermied jeden Blickkontakt. Sie sprach von meinem Vater und dass sie beschlossen hätten, nicht darüber zu reden.

Ichh möge es ihr, bitte, nicht übel nehmen.

Aber wem sonst?

Sie bot noch an, mir zu helfen. Ich sagte, sie helfe mir am ehesten, indem sie mir nicht zu nahe käme.

Ich rannte aus dem Haus. Meinen Mantel konnte ich auf dem Fahrrad anziehen. Sie lief mir nach.

Sie rief noch, aber ich war schon fort.

Ich musste mit Wouter reden. Ich wollte ihn so vieles fragen. War dies die Erklärung, nach der er suchte? Ob er seine Familie verlassen hätte, wenn er das gewusst hätte?

Plötzlich begann ich zu schwitzen. Würde er überhaupt bei mir bleiben?

Meine Beine traten langsamer in die Pedale, als ich eigentlich wollte, als ginge es nicht mehr um Zeit. Als könnte ich es dabei belassen.

Da die Tür geschlossen war, klopfte Zanele laut an. Nachdem sie geöffnet hatte, blieb sie mit dem Papierkorb in der Hand stehen, er war nur ein Vorwand. Sie erschrak, als sie meinen Blick sah.

Ich stützte den Kopf in die Hände; sogar jetzt spürte ich Schweißtropfen unter meinem Pony. Mit den Ellenbogen stützte ich mich auf die Knie. Es war nur gut, dass mein Bürostuhl keine Armlehnen hatte. Mit einer schnellen Bewegung wischte ich mir die Stirn ab. Sie fragte, ob es mir gut gehe. Ich nickte und versuchte zu lächeln.

Der Vorfall beschäftigte sie. Das merkte ich an den darauf folgenden Tagen. Sie fühlte sich unbehaglich, es hatte sie verwirrt. Dennoch wusste sie sich zurückzuhalten, sie fragte nicht mehr nach. Nicht einmal, als wir zwei Tage später zusammen auf dem Weg zum Waschsalon waren.

Unterwegs erzählte sie mir von dem Eigentümer, sie hatte gehört, dass Waschsalon und Trockensalon demselben Mann gehörten. Ich fragte, von wem sie das wisse. Sie habe es von einer anderen Frau gehört, mit der sie letztes Mal in der Schlange gestanden habe. Das erstaunte mich, weil ein paar Straßen zwischen den beiden Geschäften lagen; warum hatte er sie nicht zusammengelegt?

Als Zanele zum ersten Mal vom Trockensalon erzählte, wusste ich nicht einmal, wovon sie sprach. Inzwischen war ich jeden Sommer mit ihr dort gewesen. Der Trockensalon war nur im Sommer geöffnet, im Waschsalon war das ganze Jahr über Betrieb. Dort trafen wir auch immer Bekannte von Zanele. Wenn sie jemanden gegrüßt hatte, erzählte sie mir, wer es war, woher sie sich kannten und was sie miteinander zu tun hatten. Meistens nichts.

Nachdem wir ein paarmal bestimmte Leute gesehen hatten, Leute, die mich nie grüßten, entstanden bei mir dieselben Assoziationen wie bei Zanele. Weshalb diese Leute mich nicht grüßten, war mir nicht klar. Das Dumme war, dass ich weiterhin nickte und lächelte, ohne dass jemand darauf reagierte. Ich fragte Zanele, ob ihr das schon aufgefallen sei. Sie verneinte.

Wenn wir Charlotta sahen, dachte ich an weiße Tiger. Charlotta war eine schwarze Frau ohne Pigment. Sie hatte ein besonderes Aussehen, fiel durch ihre eigenartige Hautfarbe auf. Sie hatte alle Merkmale einer schwarzen Frau, ohne es zu sein. Als Zanele mir Charlotta das erste Mal zeigte, sagte ich, sie sei ein Albino, aber das Wort kannte Zanele nicht. Außerdem habe sie schon einen Spitznamen. Sie werde Weißer Tiger genannt: Sie habe keine Schutzfarbe, von Kind an sei sie eine Ausnahme in ihrer Township gewesen. Weiße Tiger waren in der Natur selten, wie Albinos in den Townships. »Weiße Tiger sind sehr angreifbar«, sagte ich zu Zanele, als sie mir Charlottas Spitznamen nannte. Ich vermutete, dass dieser Spitzname nicht ganz stimmte. Darin gab Zanele mir Recht. »Wir können sehen, sie ist von uns.«

Zanele und Gibsan saßen unter dem großen Baum an der Ecke. Ihre Zähne blitzten, nicht weil ich angefahren kam, sondern ganz offensichtlich wegen etwas, das Gibsan erzählt hatte.

Zwanzig Minuten später hörte ich die Küchentür knarren. Auf bloßen Füßen kam sie in mein Arbeitszimmer, in den Händen eine Banane. Sie fände es vernünftig, wenn ich die äße. Ich hätte bestimmt wieder nichts gegessen. Ich gab es zu und fragte, was Gibsan ihr alles erzählt habe. Sofort fing sie an zu lachen. Der Sohn des Ministers für Öffentliche Sicherheit sei festgenommen worden.

»Mord?«

»Nein, Dieb!« Sie schüttete sich aus vor Lachen. Sie fand es fantastisch. Und sitzen müsse er auch noch. Dreizehnhundert Rand müssten für seine Freilassung bezahlt werden. Swartie kenne alle Details.

Ich schüttelte den Kopf.

»Warum nicht witzig?«

Ich hob die Schultern. »Das ist doch traurig, Zanele, oder?«

Sie fand, dass ich übertreibe, es sei doch gerade gut, dass der Junge seinen Vater blamiert habe.

»Aber er blamiert das ganze Land.«

Sie kräuselte die Lippen und blickte mich prüfend an. »Pullover, Joni, Pullover, zieh aus!«

Es waren etwa dreißig Grad, und ich trug einen Rollkragenpullover. Ich fror. Sie wies mit dem Kopf zum Garten und schlug vor, ich solle doch nach draußen gehen. Immer drinnen sitzen, das sei nichts.

Sie lief zur großen Schiebetür meines Arbeitszimmers und machte sie weit auf. »Komm!«

Ich legte die halb gegessene Banane auf meinen Schreibtisch und stand auf.

Draußen war mein Pullover tatsächlich viel zu warm. Im Krankenhaus sei es meistens frisch, wagte ich mich noch zu rechtfertigen. Sie gab mir einen Klaps. »Krchch!«

Ich ließ mich der Länge nach ins Gras fallen, streckte mich aus und blieb liegen. Es war, als fielen die Blätter von den Bäumen herab, doch sie tänzelten nur durch die Luft. Manche wirbelten sogar nach oben, obwohl kein Wind wehte. Eigentlich hatten sie auch nicht die Farbe von Blättern, sondern waren eher hellgelb.

Da erst merkte ich, dass die Bäume nicht kahl waren, dass sie sogar in voller Blüte standen. Es waren Schmetterlinge. Mit halb zugekniffenen Augen blickte ich zu Zanele auf, die in der grellen Sonne stand. »Lauter Schmetterlinge!«

Sie nickte. »Ist Schmetterlingsmonat«, sagte sie lächelnd. Es war Mitte November, der Frühling hatte nicht länger als drei Tage gedauert, und schon war es wieder Sommer. Ich zog mir den Rollkragenpullover über den Kopf, so dass ich jetzt nur im BH da saß. Zanele stellte sich direkt vor mich und beugte sich etwas vor, als müsste sie jemandem die Sicht nehmen, der meinen unbedeckten Oberkörper nicht sehen durfte.

Ich brachte meinen Pony in Ordnung. »Hier ist niemand, also: was soll's?«

Sie sagte, sie würde schnell ein Shirt holen.

Langsam ging sie durch die offene Schiebetür zurück ins Arbeitszimmer und dann nach oben. Es hatte keinen Sinn, sich zu wehren. Wenn sie sich etwas in den Kopf gesetzt hatte, tat sie es auch. Aber ich wollte gar kein Shirt anhaben, ich wollte Schmetterlinge auf meiner Haut spüren.

Im Rückspiegel sah ich die Sonne schon wieder hinter dem Hügel verschwinden. In wenigen Minuten würde es stockdunkel sein, und ich hatte noch einen langen Weg vor mir. Zum ersten Mal machte ich mir bewusst, dass es eigentlich Irrsinn war, fast eine Stunde vom Krankenhaus entfernt zu wohnen. Vielleicht sollte ich umziehen, schließlich war ich nirgends zu Hause, ich konnte überall wohnen. Andererseits empfand ich diese endlose Fahrt als angenehm, genau wie den aufgewirbelten Staub hinter dem Auto. An meinem Haus hing ich nicht, obwohl wir nun schon ein paar Jahre dort wohnten. Ich würde einmal mit Zanele darüber reden. Doch ich wusste schon im Voraus, dass sie grundsätzlich befürwortete, näher am Krankenhaus zu wohnen.

Sie mochte es nicht, dass ich so lange unterwegs war. Oft sagte sie, dass sie diese Überlandstraße ganz schlecht finde, diese Straße aus festgefahrenem Sand. So viele Gruselgeschichten hatte sie mir inzwischen schon über einsame Straßen erzählt! Bei Tag war es kein Problem, aber wenn ich nach einem Nachtdienst zurückfuhr, wurde sie unruhig. Unnötig, sagte ich dann, mir passiert nichts. In solchen Augenblicken fühlte Zanele sich verpflichtet, mir klar zu machen, wie weiß ich war. Sie versuchte mich zu warnen, ich solle vorsichtig sein, aufmerksam.

Insgeheim wusste ich, dass sie Recht hatte, aber es war das große Angsttier, das ich gerade jetzt nicht zulassen wollte. Schon gar nicht bei Tag. Es könnte mich schwächen, mir im Wege sein. Tagsüber musste ich mich beschäftigen, wie ich es zu Hause gelernt hatte. Dass es mich nachts manchmal beschlich, das hatte ich nicht in der Hand.

Ich drehte das Radio auf volle Lautstärke, ich durfte mich nicht in solchen Vorstellungen verlieren. Im Übrigen hatte ich einen angenehmen Tag im Krankenhaus gehabt. Wir hatten ausführlich konferiert, die Halbjahreszahlen und die letzten Aids-Statistiken besprochen. Wir hatten konferiert, wie auch die Geschäftsleute es in dem nahe gelegenen Dell-Gebäude tun. Wir über Kinderleichen, sie über Computer. Insgesamt hatten wir im letzten halben Jahr nur fünf tote Kinder hereinbekommen, das war ein Erfolg. Albert stellte fest, dass sie alle aus derselben Gegend stammten; bedauerlich, dass wir schon im Voraus wussten: Die Polizei würde sich nicht damit befassen.

Unter den gut zwanzig Anwesenden vermisste ich Mike. Bestimmt hatte er die Konferenz wieder vergessen, oder er hatte sich nicht ablösen lassen. Das war seine Schwäche; er wollte und musste seine Arbeit immer allein zu Ende bringen. So verbrachte er regelmäßig mehr Stunden ohne Unterbrechung am Operationstisch, als man durfte. Es war ihm egal. Ich mochte diese Dickköpfigkeit und selbst konstruierte Freiheit bei der Arbeit. Ich ließ den Blick schweifen, er blieb an anderen Männern hängen, und ich fragte mich, ob sie der Mühe wert waren. So etwas machte mir Spaß während eines sinnlosen Gesprächs über die Finanzprobleme des Krankenhauses. Ein Thema, das bei jeder Konferenz wieder auf den Tisch kam. Welches öffentliche afrikanische Krankenhaus kämpft nicht mit finanziellen Problemen? Oder mit hygienischen Problemen? Ebenso einschläfernd. UNICEF hatte sogar beschlossen, einen Preis für das hygienischste Krankenhaus Afrikas zu vergeben. Als würde uns das motivieren!

Rechts von Albert saß ein attraktiver Internist, dessen Namen ich nicht kannte. Ich betrachtete ihn aufmerksam, während er seinen Vorschlag unterbreitete. Für sein Alter hatte er zu viele Haare auf dem Kopf. Ich weiß nicht, woher er die Idee hatte, aber sein Vorschlag für eine Brandduschkabine war nicht schlecht; wir hatten inzwischen mindestens drei Verletzte hereinbekommen, die das gebraucht hätten. Wir arbeiteten mit Branddecken. Die Kosten für einen solchen Raum sollten berechnet werden, so der Vorsitzende.

Die einzige Ampel unterwegs sprang auf Rot. Ich blickte zum Himmel auf, sah eine dichte Wolkendecke. Das konnte eine unruhige Nacht werden. Wie tief die Wolken hingen, konnte ich aus dem Auto nicht abschätzen. Es waren so viele, dass der Mond keine Chance hatte, sich zu zeigen. Ich dachte an den Kuss auf meine Stirn, dort, genau in der Mitte, aber durch den dichten Pony nicht sichtbar. Wouters Lippen drückten den Kuss dorthin, jeden Abend. Wieder spürte ich seine Hand, die in einer kurzen Bewegung meine Haare zur Seite strich. Ich setzte mich wieder gerade hin, den Fuß abwartend auf dem Pedal.

So hielt ich mich tapfer, ohne zu wissen, für wen.

Die einzige Art, wie der Mond sich noch Geltung verschaffte, war ein zarter silberner Rand um die Wolken, diese Wolken mit ihrer geballten Kraft. Was ist schließlich eine einzelne Wolke? Oder zwei? Oder zehn?

Tausende auf einmal bekommen erst Bedeutung. Und sogar dann, wenn sie alle zusammen noch so wüten, wenn sie stundenlang Wasser wie aus Kübeln herabschütten, die ganze Nacht – im Morgenlicht ist alles unverändert, niemand hat sie wirklich gehört. Aber in Afrika gilt das nicht nur für Wolken.

Zaneles Ansicht nach lag es daran, dass ich zu wenig aß, ich selbst glaubte, es hänge mit den Nachtdiensten zusammen: Ich zitterte. Sie sagte, ich müsse ein Bad nehmen. Ich fügte mich und ging die Treppe hinauf. Zanele fand es besorgniserregend, dass ich an einem warmen Dezembermorgen wie diesem fror.

Ich ließ Wasser in die Badewanne laufen und fing an, mich auszuziehen. Gänsehaut am ganzen Körper. Ich glitt in das heiße Wasser, das angenehmer war als die Luft um mich herum. Durch den Nachtdienst waren meine Augen so klein, dass ich sie nur mit Mühe offen halten konnte.

Als ich plötzlich Zaneles Stimme hörte, fuhr mir der Schreck in die Glieder. Sie rief meinen Namen dreimal hintereinander, während sie den Hahn zudrehte. Ich richtete mich auf und sah Wasser auf dem Badezimmerboden. Entsetzt hielt ich mir die Hand vor den Mund. Sie entschuldigte sich, sie habe das Wasser rauschen hören, sich aber nicht vorstellen können, dass ich den Hahn nicht zugedreht hätte.

Verwirrt schaute ich sie an. Sie warf ein paar Handtücher auf den Fußboden und sagte, sie würde schnell ein Wischtuch holen. Erst als sie fort war, wurde mir bewusst, dass sie mich nackt gesehen hatte, dass sie mich zum ersten Mal richtig nackt gesehen hatte. Ob es ihr wohl aufgefallen war? Hatte sie meinen Schamhügel angeschaut? Ich senkte das Kinn auf die Brust. Nein, ich hatte ihn gut genug bedeckt, aber sie hatte mich nackt gesehen. Meine Brustwarzen waren hart.

Als sie endlich zurückkam, war ich schon dabei, mich abzutrocknen. Es habe ein wenig gedauert, weil sie gleich den Eimer, der wegen eines Lecks in ihrem Zimmer stand, habe mitbringen wollen. Ob ich ihr helfen dürfe? Zanele schüttelte den Kopf und murmelte, wie gut es sei, dass sie vorsichtshalber nachgeschaut habe – man stelle sich vor, sie hätte nicht aufgepasst. Mein Blick fiel auf den Teppich im Schlafzimmer, auch dort sah ich nasse Stellen. Das konnte hässliche Flecken geben.

Während Zanele aufwischte und ich mich anzog, überlegte ich laut, ob ich überhaupt gegen Wasserschaden versichert war. Sie hatte keine Ahnung. Sie selbst sei nicht versichert und wisse auch nicht, wie das funktioniere. »Kostet doch nur Geld, oder?«

Ich versuchte, ihr das Versicherungsprinzip zu erklären. Schon bei dem Begriff »Risikoabdeckung« gerieten wir in eine Sackgasse. Sie tippte sich mit dem Zeigefinger an die Stirn. »Verrückt sind sie, die Weißen.«

Die Weißen? Betrachtete sie Versicherungen als ein Konzept der Weißen?

Bevor ich darauf eingehen konnte, redete Zanele schon weiter. Sie habe durchaus früher davon gehört, ich solle sie nicht unterschätzen. Mbufus Vater habe es ihr irgendwann einmal erklärt. Er und sein Bruder hätten Kühe gehabt.

War Mbufus Vater Viehhalter?

»Aber Blitz, großer Blitz, sie haben unter Baum gestanden.« Sie stützte den linken Ellenbogen auf das Wischtuch, während die rechte Hand am Hals genau unter ihrem Kinn das Zeichen des Todes machte. »Alle«, fügte sie hinzu.

»Lieber Himmel, wurden seine Kühe vom Blitz getroffen?«

Sie nickte und machte noch einmal dieselbe Handbewegung, direkt am Hals.

»Und? War er versichert? Gegen ein solches Naturereignis?«

Sie legte den Kopf in den Nacken und blickte sozusagen zum Himmel auf. Dass sich eine Badezimmerdecke dazwischen befand, schien sie nicht zu stören. Ihre Lippen verzogen sich; sie wirkte enttäuscht. »Geht nicht.«

Sie hat Recht, dachte ich, gegen den Gott Afrikas kann man sich nicht versichern.

II

In heller Panik kam Zanele in mein Schlafzimmer. Sie war schon vor Sonnenaufgang aufgestanden, was selten geschah. Ob ich mitkommen könne, wiederholte sie immer wieder. Ich fragte, was los sei, aber sie war zu aufgeregt, um zu antworten.

Ich folgte ihr nach unten, durch die Küche und über den Plattenweg zu ihrem Zimmer. Für die paar Meter, die sie draußen laufen musste, zog sie ihre blaue Mütze aus der Jackentasche. In ihrem Zimmer hing Shanla mit dem Kopf über dem Waschbecken. Zanele war entsetzlich nervös, sie nahm die Mütze ab und ließ sie auf den Boden fallen. Sie wusste nicht, was los war, was sie machen sollte. »Lass sie mal ein bisschen in Ruhe«, sagte ich. Wahrscheinlich hatte Shanla etwas Falsches gegessen, oder es war eine Magen-Darm-Grippe. Nichts Ernstes.

Nachdem sie sich übergeben hatte, wirkte sie erleichtert. Mit einem nassen Handtuch wischte ich ihr wehrloses Gesicht ab. Sie lächelte. Zanele hatte sich noch immer nicht beruhigt und sagte, es liege bestimmt an dem Essen von gestern Abend. Vielleicht habe sie es nicht richtig gar gekocht.

»Nun reg dich nicht auf, es ist draußen.«

Sie schüttelte den Kopf. Sie war nach wie vor besorgt.

»Es ist nicht schlimm, Zanele, das hatte ich als Kind auch oft.« Aber das hatte andere Gründe gehabt.

Ich sagte, Shanla solle sich noch einmal hinlegen, schlafen würde ihr gut tun. Ich ging über den Plattenweg zurück in die Küche. Da ich nun schon einmal unten war, schaltete ich den Wasserkocher ein. Kurz darauf kam auch Zanele, noch immer besorgt. Shanla war eingeschlafen.

»Es ist wirklich nichts, Zanele, mach dir keine Sorgen.«

Sie sah mich ernst an. So hatte ich sie noch nie erlebt, etwas wie Schwäche schien sie befallen zu haben, und Schwäche passte nicht zu ihr. Aber vielleicht ist das bei allen Müttern so, wenn sie sich Sorgen machen.

Es sei gut, dass sie mich geholt habe, sagte ich, sie solle mich immer holen, wenn etwas nicht in Ordnung sei oder wenn sie etwas fragen wolle. Sie nickte und sagte, das tue sie auch immer. Und Shanla habe sie es auch beigebracht. »Immer andere fragen, wenn du nicht verstehst.«

Zanele berührte ihre Lippen. »Darum Mund in Kopf, hab ich gesagt.«

Ich nickte und sagte, dass sie sich nicht mehr beunruhigen solle, nun, da ich ihr gesagt habe, dass es nichts Ernstes sei. Sie hob die Schultern. »Warte mal, bis du selber Tochter hast.«

Offenbar hatte sie keinen Bezug zwischen Kinderlosigkeit und dem leeren Treteimer hergestellt.

Mich überkam dasselbe elende Gefühl wie neulich. Vielleicht sollte ich jetzt Klarheit schaffen, um in Zukunft unangenehme Situationen zu vermeiden. Ich beschloss, auf das zurückzukommen, was im Treteimer fehlte. Neugierig genug war sie.

»Es kommt durch ein Medikament. Meine Mutter hat, als sie mit mir schwanger war, ein Medikament eingenommen.«

Zanele nickte mechanisch.

»Hinterher stellte sich heraus, dass es schädlich war. Hunderttausende Frauen haben es eingenommen.«

Zaneles Nicken wirkte jetzt überzeugender, als verstünde sie plötzlich alles.

»Man darf grundsätzlich keine Medizin einnehmen, wenn man schwanger ist.«

»*Yebo*, wie Alkohol.«

»Genau!«

Wogegen das Medikament denn gewesen sei, fragte sie. »Krank?«

»Krank? Ach was! Dann wäre es vielleicht noch zu verstehen.« Ich erzählte, dass meine Mutter zwischen Alex und mir zwei Fehlgeburten hatte. Als sie mit mir schwanger gewesen sei und von einem Medikament erfahren habe, das angeblich Fehlgeburten verhindere, habe sie das eingenommen.

Zaneles Blick wurde verschwommen. Es ging ihr zu schnell. Ich versuchte, ihr auf andere Art zu erklären, weshalb meine Mutter das Zeug geschluckt hatte. Der Einfachheit halber ließ ich weg, dass es um ein Hormon ging; ich hatte keine Ahnung, wie ich das erklären sollte. Ich zeigte auf mein Geschlechtsteil. Ihr Blick folgte meiner Hand. »Die Kinder werden dann mit Fehlern an ihrem Geschlecht geboren. Vor allem innen.«

Es machte nichts, dass es erst sechs Uhr morgens war, Zanele war hellwach und hörte aufmerksam zu. Ich nahm einen Schluck von meinem Kaffee, der eigentlich noch zu heiß war. Ich musste mich beeilen.

»Du?«, fragte Zanele.

Ich verzog das Gesicht und legte die linke Hand auf meinen Unterbauch.

»Kaputt«, sagte ich.

Zanele erstarrte. Ich sagte, dass ich mich beeilen müsse. Sie nickte, sie wusste, dass ich eine arbeitsreiche Woche hatte. Ich beschloss, meinen Kaffee ausnahmsweise mit nach oben zu nehmen.

Ich erinnerte mich genau, wie ich es mit mehreren Binden auf einmal versuchte, ich fürchtete zu verbluten, mir wurde schwindlig, ich wurde immer schwächer. Wouter brachte mich ins Krankenhaus.

Nach dem Aufwachen erzählte man mir, dass meine Gebärmutter entfernt worden sei. Bei der Operation habe sich gezeigt, dass das gesamte Gewebe entzündet war. Ich kannte Aufnahmen von solchen Entzündungen, aber das wollte ich mir lieber nicht ansehen. Es war fort. Ohne dass ich es wusste, einfach herausgeholt, aus meinem Körper herausgeschnitten, innerhalb weniger Minuten. Wouter erläuterte noch umständlich diverse medizinische Details, aber ich wollte nichts davon hören. Meine linke Hand ruhte in der seinen, und ich hielt die Augen geschlossen.

Ob er meinen Eltern Bescheid geben solle, damit sie mich besuchen könnten? Meine Eltern bei mir am Bett, nicht auszudenken! Ich wollte schreien, dass ich das nicht wolle, aber ich hatte nicht die Kraft, auch nur mit normaler Stimme zu sprechen.

Er wolle sehen, vielleicht werde er sie später informieren. Ich müsse erst mal zu Kräften kommen. Soll er doch, dachte ich, ich konnte mich nicht damit befassen. Ich dachte an meine untere Partie, ich musste einen schönen Reißverschluss bekommen haben, es sei denn, sie hatten sich beim Zunähen zu sehr beeilt. Lagen blutige Binden zwischen meinen Beinen? Ich spürte nichts, der ganze Bereich war betäubt. In meinem Bauch musste eine große Leere entstanden sein, eine endgültige Leere.

Sie kamen. Schon am nächsten Tag. Wouter blieb zum Glück im Zimmer. Was für eine gemütliche Runde, Kollegen unter sich, privat, alle an meinem Bett. Ich sagte nichts und rührte mich nicht. Nicht, als sie hereinkamen, und nicht, als mein Vater mir einen Kuss auf die Wange gab. Er setzte sich. Ungefragt. Vielleicht ist das ein Vorrecht von Eltern, sich einfach hinzusetzen, wenn sie ihr Kind im Krankenhaus besuchen. Dass man sich immer hinsetzen darf, ob der Patient es möchte oder nicht. Dieser Patient aber war ziemlich böse, wütend sogar, auf alles und jeden. Und vor allem auf die beiden.

Meine Mutter blieb stehen, sie wagte nicht, sich hinzusetzen. Als ich sie ansah, wusste ich, dass ich endlich das Recht hatte, sie nicht zu lieben. Sie hatte mir allen Grund gegeben, ihr nicht zu vertrauen.

Es gab nur einen Stuhl, aber wenn ein zweiter da gewesen wäre, hätte ich es nicht zugelassen, dass sie sich hinsetzte. Sie hatte nicht einmal das Recht, mich zu besuchen. Was wollte sie plötzlich von mir, nach all den Jahren?

Ich wollte, dass sie fortging. Fortging und nie wiederkam. Oder sollte ich mich etwa bei ihr bedanken? Setz dich hin, und vielen Dank, Mama. Ich fühle mich elend, trotzdem vielen Dank. »Ach, Kinder kriegen, so schön ist das auch wieder nicht.« Was sollte sie sagen? Dass alles vorübergeht. Denn es geht alles vorüber. Nur mein Wunsch noch nicht, Mama. Was machen wir da? Herzlichen Dank und liebe Grüße. Auf einer Karte. Aber sie bekam keine Karte. Sie bekam nichts mehr. Sie bekam mich nie wieder zu sehen. Dass sie mich jetzt sah, daran konnte ich nichts ändern. Ich konnte ja nicht aufstehen und sagen, dass ich auf Nimmerwiedersehen verschwände. Und sie aus dem

Zimmer zu schicken, das kostete mich zu viel Kraft. Wenn sie sich nur nicht hinsetzt, dachte ich. Fast unbemerkt war sie immer näher an mich herangerückt, so dass ich sehen konnte, dass ihre Augen feucht waren. Es berührte mich nicht. Ich hatte mich lange genug bemüht. Wir gehörten nicht zusammen, das hatte sie mir schon so oft deutlich gemacht. Sie hatte ihr eigenes Leben, ich war in erster Linie ein Störfaktor.

Ich hatte Schmerzen. Die Betäubung ließ allmählich nach. Bewegen tat weh, Stillliegen auch. Mein Haar störte mich, weil es mir halb in die Augen hing. Ich hatte keine Kraft, es beiseite zu schieben. Sie wusste, dass mich das irritierte, aber sie sollte ja nicht wagen, mich anzurühren. Auch das wusste sie offenbar. Wir sahen uns an. Mein Vater ergriff das Wort und fragte nach ein paar medizinischen Details, auf die Wouter zu meinem Erstaunen kühl und sachlich einging. Sie sprachen über mich, als wäre ich ihre Patientin.

Im Halbschlaf hörte ich auf einmal die Stimme meiner Mutter. Sie sagte, dass Oma Anne gern kommen wolle. Ich schrak auf und versuchte zu sprechen. »Lasst mich in Ruhe.«

»Aber Joni!«, sagte mein Vater. Ich drehte meinen Kopf noch mehr zur Seite, in seine Richtung, weil er noch immer auf diesem Stuhl saß. Auf diesem einen Stuhl, auf dem eigentlich Wouter hätte sitzen müssen, saß mein Vater, der mir jetzt sagte, wie ich mich zu benehmen hätte. Als sich unsere Blicke trafen, lächelte ich ihn an. Geh zum Teufel, dachte ich.

Im Laufe des Tages kamen sie einer nach dem anderen vorbei, aber weder zu André noch zu Alex und Miri sagte ich ein einziges Wort. Nicht, dass sie etwas falsch gemacht oder schuld gehabt hätten, aber ich hatte beschlossen, nicht mehr zu sprechen. Gelegentlich nickte ich oder schüttelte den Kopf, wenn es unvermeidlich war, dass ich antwortete.

Am nächsten Morgen kam Oma Anne. Sie erschrak, das sah ich ihr an. Sie versuchte, ihren Schreck zu verbergen. Sie fragte, ob es mir nicht zu viel würde, wenn sie einen Augenblick bleibe. Ich schüttelte den Kopf.

Sie verstand, dass die Stille mir gut tat, und stellte weiter keine Fragen. Ich brauchte mich also nicht anzustrengen, ich brauchte nichts zu sagen. Meine Arme lagen neben meinem Körper, die Hände ruhten nah an den Hüften. Oma legte ihre Hand auf meine linke.

Ich fragte mich, wie es ihr wohl ging, ob sie einen weiten Weg hierher gehabt hatte.

Zufällig stellte Wouter meine Frage. Sie sagte, ihr sei nichts zu viel, um bei ihrer Enkelin zu sein. Sie liebte mich.

Am erträglichsten waren die Zeiten, wenn niemand in meinem Zimmer war. Oder jemand, den ich nicht kannte. Dann machte es mir nichts aus, dass ich wie ein Wrack dalag und mich elend fühlte.

Stunden später trat eine Frau zu mir ans Bett. Sie sagte, dass sie Jet heiße. In der einen Hand hielt sie eine Schüssel Wasser, in der anderen zwei Tücher. Sie wollte mich waschen. Mir war es gleich. Mein Unterleib war anscheinend nackt, sie konnte sofort loslegen. Sie nahm etwas Warmes weg. Eine Binde, dachte ich. Danach spürte ich lauwarmes Wasser zwischen den Beinen. Weil ich mich nicht aufrichten konnte, sah ich nicht, was sie tat. Ich spürte ein Tuch. Sie nahm mein rechtes Bein und zog es vorsichtig zur Seite.

»So komme ich besser dran, Mädchen.«

Es war mir recht. Wenn sie durch das kleine Loch schaute, würde sie einen großen Hohlraum sehen. Und wenn sie dann etwas sagte, würde ich das Echo hören.

»Ich könnte sie in Spiritus legen.«

»Wen, Mädchen?«, fragte Jet.

»Meine Gebärmutter.«

Jet erschrak.

»Oder ich könnte sie in eine Schachtel tun und in den Schrank stellen. Oder in ein Glas mit Deckel. Dann hält sie sich vielleicht länger. Eventuell mit etwas Wasser, aber das ist eigentlich nicht nötig. Und das Glas in den Schrank. Aber vielleicht vergesse ich sie dann, wenn ich sie gar nicht mehr sehe. Deshalb stelle ich sie doch besser in Sichtweite.«

Jet kam nicht wieder. Aber Wouter, und zwar als Arzt. In widerlich distanziertem Ton erörterte er meinen Zustand. Ich selber durfte mich stärker geben, als ich war, ich selber durfte etwas gegen das Unerträgliche suchen. Aber er nicht, er musste mir ganz nahe sein. Ich machte meinem Ärger Luft, aber er begriff nicht, was ich meinte. Streiten hatte keinen Sinn mehr.

Ich trocknete mich viel zu grob ab. Heute Morgen war alles anders. Es hatte mit Shanla begonnen, der es nicht gut ging, und jetzt hatte ich mich schon geduscht, aber noch nicht die Zähne geputzt. Das Handtuch scheuerte an meinem Körper, über Hüften und Bauch, aber ich schaffte es nicht, meine sinnlosen Gedanken zu verjagen.

Niesend ging sie durchs Haus. Ich fragte sie, ob sie Nasentropfen haben wolle. Sie schüttelte den Kopf. Jedes Jahr ein Schnupfen sei gesund, dagegen müsse man nichts tun.

»Aber guck dir an, wie du rumläufst, du hast ganz vertränte Augen.«

Sie wollte nichts davon hören. Schnupfen sei so etwas wie der »Hausputz« im Kopf, sie sei sogar froh, dass es wieder so weit sei. Ich wandte mich meinem Buch zu.

Wenn ich las, hielt sie sich meistens zurück und fragte erst hinterher nach dem Inhalt des Buches. Aber diesmal merkte ich, dass sie im Wohnzimmer herumtrödelte. Sie wollte etwas sagen. Das übertriebene Hüsteln hatte nichts mit ihrer Erkältung zu tun.

Ich fragte, was los sei. Sie schien auf diese Frage gewartet zu haben. Nichts, sagte sie. Ich nickte und las weiter, aber der Abstand wurde wieder kleiner, zwischen ihrem Staubwedel und mir war kein Meter mehr. Wenn sie jetzt unbedingt im Wohnzimmer abstauben wolle, sagte ich, ginge ich besser. Zanele schüttelte den Kopf, ich solle bleiben.

Seit heute Morgen könne man bei der großen Nationalen Lotterie mitmachen, erzählte sie. Gibsan habe sie überredet, es sei sehr spannend, sie solle doch einmal mitspielen. Er würde am Nachmittag ins Dorf fahren, um Lose zu kaufen. Und er würde für sie bezahlen.

Ich sah sie interessiert an, ohne zu begreifen, warum sie mir das erzählte. Wenn sie sich lieber nicht einladen lassen wolle, könne sie sich Münzen aus dem Schälchen auf dem nackten Mann nehmen.

Das sei nicht das Problem, sagte sie. Gibsan würde für einige seiner Freunde ebenfalls Lose kaufen. Da die Warteschlangen sehr lang seien, hätten sie sich ein System ausgedacht: Sie wechselten sich ab, jeden Monat besorgte einer von ihnen die Lose.

Bei der Nationalen Lotterie stelle man selbst die Zahlen zusammen. Gibsan hatte Zanele die Zettel von ein paar Freunden gezeigt und gesagt, auch sie müsse so eine Liste schreiben, mit sieben Zahlen, und darüber ihren Namen. Ihre Augen bettelten.

Ich riss den unbeschriebenen Teil der letzten Seite aus meinem Buch und ging zu meiner Tasche im Flur, um einen Stift zu holen.

Meine Kollegen waren auch dauernd mit diesen Losen beschäftigt. Meine Glückszahlen!, rief Albert dann. Auch er hatte mir von den ellenlangen Warteschlangen am Freitagnachmittag erzählt. Das Ganze sei schlecht organisiert, es gebe nur einen Tag, an dem man Lose kaufen könne. Er lasse sie immer holen. Seinetwegen dürften sie ruhig mehr kosten, schließlich müsse nicht das ganze Volk mitspielen können.

Ich schrieb Zaneles Vor- und Nachnamen auf das Papier und fragte, ob sie bestimmte Zahlen wolle. Sie schüttelte den Kopf.

Während ich sieben Zahlen untereinander schrieb, sagte sie, sie wisse nicht, was sie machen solle, wenn sie eine Million Rand gewinnen würde. Ich hob den Kopf. Würde sie weggehen?

Ich atmete hastig, mir wurde plötzlich warm. Ahnungslos hatte ich mit dem Zahlenschreiben angefangen, jetzt zweifelte ich, ob ich weitermachen wollte.

Ich fragte sie, ob sie die Geschichte von den Lottogewinnern irgendwo bei Umlazi kenne, es sei noch gar nicht lange her. Sie blickte erstaunt auf. Es hatte in der Zeitung gestanden: Eine schwarze Familie hatte gewonnen, und das ganze Viertel, oder besser gesagt, die ganze Township wusste davon. Noch am selben Abend kamen ein paar Männer und verlangten das Los. Der Vater der Familie gab es natürlich nicht heraus. Daraufhin vergewaltigten sie die jüngste Tochter. Der Vater kroch zu Kreuze und händigte ihnen das Los aus.

Zanele schwieg.

Um mir nicht anmerken zu lassen, welch seltsamer Gedanke mir durch den Kopf gegangen war, nämlich der, dass sie vielleicht nicht mehr hier wohnen wollte, sagte ich, ich hätte ihr das nur zur Warnung gesagt. »Wenn du gewinnst, erzähl es nicht jedem.« Sie nickte und sagte, die Chance, dass sie gewinnen werde, sei sehr gering. Ich drückte ihr den Zettel in die Hand. Sie warf einen zufriedenen Blick darauf und hielt ihn gut fest. Ihre vertränten Augen lachten mich fröhlich an, und mit einer schnellen Bewegung zog sie sich die Schürze über den Kopf. Die Schürze zwischen die Beine geklemmt, setzte sie ihre blaue Wollmütze auf.

Mit Schnupfen kann man nicht küssen, dachte ich, während sie nach draußen eilte.

Auffallend langsam ging er den Plattenweg entlang. Für seine Verhältnisse war er früh auf. Als Reaktion auf mein »Guten Morgen« bekam ich einen tiefen Kehllaut zu hören. Unrasiert, wie immer, warf er mir ein kurzes Lächeln zu. Eins, das ich auch nach all den Jahren noch nicht richtig einordnen konnte. Ich wusste nicht, was er über mich dachte. Er wiederholte den Laut, und ich nickte. Es würde ein Gespräch werden. Also konnte ich ihn fragen, was er vorhabe.

»Nothing.«

Immer dasselbe, immer nichts. Wenn er Arbeit hätte, wäre er ein anderer Junge, würde er nicht so ziellos herumlaufen.

Ob irgendetwas sei, wollte er wissen. Ich sagte ihm, woran ich gedacht hatte. Seine schwarzen Augen blickten mich an. Ich fragte, ob wir etwas dagegen tun könnten. Man könne nichts dagegen tun, bekam ich zu hören. Zu meinem Erstaunen hatte er tatsächlich darüber nachgedacht. Dass es eine Krankheit sei, behauptete er. Nicht Malaria oder Aids, sondern Arbeitslosigkeit sei die schlimmste Krankheit des Landes. Ein solcher Gedanke in Mbufus Kopf? Dem staubigen Kopf?

Ich schob mein Glas Apfelsaft über die Anrichte. »Vielleicht hast du Recht.«

Mbufu lachte mit geschlossenem Mund. »Und das gilt für den ganzen Kontinent«, fügte ich hinzu. Es dauerte etwas zu lange, bevor er nickte, so dass ich beinahe glaubte, er kenne das Wort nicht. Ich fragte, ob er etwas trinken wolle.

»If I want I take.«

Dumm von mir, wirklich. Ich lade jemanden in seiner eigenen Küche ein. Dieser Männerkörper wohnt in meinem Haus.

Als ich abends meinen Posten auf der Anrichte bezog, erzählte Zanele, was ihr um ein paar Ecken zu Ohren gekommen war. In ihrer alten Township seien Öko-Toiletten aufgestellt worden. Sie war außer sich vor Freude, freute sich für ihre Freunde. Die Kinder würden nicht mehr so oft krank werden. Ich hatte davon gehört, dass der Staat dieses Projekt endlich in Angriff genommen hatte. »Wie habt ihr das vorher gemacht?«

Zanele verzog das Gesicht. »Erzähl ich nicht!«, sagte sie laut lachend. Manchmal fing sie plötzlich an zu lachen, obwohl das Thema alles andere als lustig war. Dann bekam sie den Gesichtsausdruck eines Teenagers und stieß ungeniert unappetitliche Laute aus. Ganz offenkundig amüsierte sie sich, aber worin der Spaß lag, verstand ich nicht.

Fröhlich wippte ihr Po in Richtung Kühlschrank. Er bewegte sich wie zur Musik. Als sie sich wieder umdrehte, erzählte ich ihr, dass ich heute Morgen kurz mit Mbufu gesprochen hätte, was eigentlich viel zu selten vorkomme. Ob sie wisse, was er für die größte Epidemie des Landes halte, fragte ich. Nur ihre Augen antworteten.

Ich erzählte, wie ihr Sohn über Arbeitslosigkeit dachte. Ihr Blick verriet Unglauben. Falls er das gesagt habe, habe er sich das nicht selbst überlegt.

Kopfschüttelnd betrachtete ich Zanele. Sie tue ihm Unrecht, sagte ich, sie setze ihn herab, sie solle endlich damit aufhören. Sie habe ihm auch weisgemacht, dass er Staub in seinem Kopf habe, darüber hätte ich schon länger mit ihr sprechen wollen.

»Dich nicht fragen, Mädchen.«

»Oh, fangen wir so an?«

Sie krchchte, aber diesmal kam sie damit nicht durch.

»Was in ihm lebt, machst du kaputt.«

Sie warf mir einen abschätzigen Blick zu. Genau wie meine Mutter früher, dachte ich.

Auf Zulu murmelte sie, dass er wirklich nicht viel mehr als Staub im Kopf habe. Sie nickte dazu, als müsste sie es sich selbst bestätigen. »Was willst du, wenn du ganze Tag auf Straße liegst? Auf Staub? Du wirst Staub. Innen und außen.«

Wie konnte sie so über ihn reden? Über ihren eigenen Sohn?

»Warum setzt du ihn so herab?«, fragte ich noch einmal ärgerlich mit erhobener Stimme.

Sie reagierte nicht. Schließlich war sie Mutter.

Obgleich ich auf der Anrichte sitzen blieb, sprachen wir nicht mehr. Zanele kochte, ohne mich zu beachten. Danach stellte sie meinen Teller ein klein wenig zu laut neben mich. Ich erschrak. Zum ersten Mal in der ganzen Zeit sagte sie nicht »Guten Appetit«. Sie ignorierte mich noch immer. Während sie ihr großes Schlüsselbund hervorzog, verließ sie die Küche. Sie schloss ab. Schloss uns voneinander ab.

Kurz vor Arbeitsschluss – ich packte meine Sachen ein, um nach Hause zu gehen – fiel mir ein, dass ich Shanla seit mindestens drei Tagen nicht mehr gesehen hatte. Warum, wusste ich nicht. Ich hatte schon seit einer Woche keinen Nachtdienst mehr gehabt, ich war immer beizeiten zu Hause gewesen. Ich hatte sie nicht gesehen, nicht einmal gehört, weder auf dem Plattenweg noch durch die schmale Küchenwand, hinter der ihr Zimmer lag.

Als ich in unsere Straße einbog, grüßte ich den Wächter an der Ecke. Seine zusammengesunkene Haltung verriet Schläfrigkeit, und die Trägheit, mit der er die Hand zum Winken hob, verhieß nichts Gutes.

Zu Hause warf ich meine Schlüssel auf den nackten Mann und meine Tasche auf den Boden. Ich ging sofort durch die Küche und über den Plattenweg zu Zaneles Zimmer. Ich klopfte an. Sie rief, dass sie komme, das Essen sei fertig. Aber es ging mir nicht ums Essen. Ich wollte Shanla sehen, wollte wissen, was mit ihr los war. Ich ging zurück in die Küche. Hatte es etwas mit unserem Gespräch von neulich zu tun? Mit dem Gespräch über Mbufu? War Shanla etwa fort? Ein paar Tage fort, ohne dass ich etwas davon wusste, bei ihrem Vater vielleicht, wie Mbufu manchmal? Ich biss mir auf die Lippe. Hatte Zanele sie etwa zu ihm geschickt, um Geld zu holen? Beunruhigt schenkte ich mir ein Glas Apfelsaft ein und verschüttete etwas dabei. Auf dem Weg ins Wohnzimmer nahm ich einen Schluck aus dem vollen Glas.

Das Knarren der inneren Küchentür. Kurz darauf stand Zanele mit ihrer blauen Mütze auf dem Kopf vor mir. Zu meiner Überraschung trug sie auch ihren formlosen Pullover. Ob es vielleicht Sturm geben würde, fragte ich. Sie senkte den Kopf, blickte auf ihren Pullover, zum Zeichen, dass sie mich verstand, und sagte ja, sie glaube schon. Ihre Ausführungen über herumfliegende Insekten, die auf einen großen Sturm hindeuteten, unterbrach ich, indem ich nach Shanla fragte.

Sie war sichtlich irritiert. »Pokkies.«

»Pokkies?«

»*Yebo*, Shanla Pokkies.«

Da ich sie immer noch nicht verstand, sagte sie ein Zuluwort. Und auf einmal rief sie begeistert: »Chickpox!« Jetzt war alles klar. Ich nickte.

Windpocken also. Aber warum müsse Shanla dann im Zimmer bleiben?

Sie erklärte mir lang und breit, wie jemand mit Windpocken aussehe, als hätte ich das in meinem ganzen Leben noch nicht gesehen. Von Ansteckung sprach Zanele nicht. Ich konnte nicht glauben, dass Eitelkeit der Grund war, weshalb das Kind schon drei Tage das Zimmer nicht verlassen durfte. Shanla könne doch ohne weiteres allein auf dem Plattenweg spielen, sie brauche doch bestimmt frische Luft, oder? Zanele bewegte den Zeigefinger hin und her, es gab weiter nichts zu sagen.

»Das ist verrückt, Zanele!«

Sie warf mir einen strengen Blick zu. Ob ich wenigstens

einmal kurz nach ihr schauen dürfe, nur »Guten Tag« sagen, fragte ich. Wieder hob sie den Zeigefinger. Ich solle es nicht wagen. Ich bewegte mich vorsichtig in Richtung Plattenweg.

»Eh?«

Auch das ignorierte ich.

Eine starke Hand an meinem Kragen zwang mich umzukehren.

Im Brustton der Überzeugung sagte sie, dass man Mädchen mit Pokkies von allen fern halten müsse, weil sie sonst keiner mehr »wolle«.

»Auf einmal findest du Männer wichtig?«

Endlich sah ich ein Lächeln auf ihrem Gesicht. »Nötig, um Kinder zu machen.«

Es könne durchaus zwei Wochen dauern, bevor ihre Haut wieder glatt aussehe. Ob sie wirklich zwei Wochen im Zimmer bleiben müsse? Zanele nickte.

Ich hatte noch nie gehört, dass so etwas üblich war. Ich erinnerte mich nur daran, dass ich nicht mit anderen Kindern spielen durfte. Und auch das galt nur für ein paar Tage. Allerdings hatte ich meine Mutter angesteckt. Sie war um die dreißig und wurde sehr krank, während ich kaum etwas von den Windpocken merkte. Sogar Narben hatte sie zurückbehalten. Eine große Stelle neben dem rechten Auge, die ich sehen konnte, wenn wir im Auto saßen und sie ihre Sonnenbrille noch nicht aufgesetzt hatte. Das passierte nur selten.

Nach Zaneles Ansicht war es schon spät, sie wusste nicht, wie spät, aber jedenfalls Zeit zum Essen. Das stimmte, und ich kehrte wieder ins Wohnzimmer zurück. Ich setzte mich an den leeren Esstisch. Den Kopf in die Hände gestützt, wartete ich auf meinen Teller. Zaneles Füße schurrten über den Fußboden. Gemeinsam krank. Nahezu das Einzige, was wir jemals miteinander geteilt hatten. Ein Teller mit Gemüse und weißen Bohnen stand plötzlich vor mir.

»Ich will nichts.«

»Ehhhh? Du essen. Nicht quengeln, Joni.«

Auch wenn ich Bohnen mochte, hatte ich jetzt keinen Appetit darauf.

Wie ein Ober, der sich um seinen Gast kümmert, blieb sie stehen. »Du magst, Joni, komm.«

Ich drehte den Kopf zur Seite und sah ihr in die Augen. Niemals etwas zusammen, dachte ich wieder. Ein Jahr Klavierstunde und die Windpocken. Das ist doch nicht normal.

»Guten Appetit, Joni«, sagte sie, während sie mir eine Gabel zwischen die Finger schob.

»Machst du bitte selber. Dies.« Sie zeigte auf Papiere, Bücher und andere Sachen, die sie in der Mitte meines Arbeitszimmers zu einem Haufen gestapelt hatte. Alles Übrige sah sauber aus. Unbeirrbar zeigte sie weiterhin auf den Haufen. Sie hatte mir lange in den Ohren gelegen, um mich davon zu überzeugen, dass das Arbeitszimmer reif sei für ein Großreinemachen. Nun war es endlich so weit. Ich versprach, nach dem Essen aufzuräumen.

In der Küche reichte sie mir ein Glas Obstsaft. Ich stellte das Glas hin, zog den Mülleimer heran und schwang mich auf die Anrichte. Zanele erzählte, dass sie heute ärgerlich auf Shanla gewesen sei. »Sie hat Schönmachsachen gebraucht.«

Sie schob den Zeigefinger über ihr Augenlid. »Hier«, sagte sie, »und auch Lippen.«

Dafür war sie tatsächlich viel zu jung. Ich fragte Zanele,

woher Shanla die Sachen habe. Shanlas Freundinnen hätten sie mitgebracht, sie hätten auf dem Plattenweg damit gespielt. Sie habe die Kinder ausgeschimpft und gesagt, sie wolle das nie wieder sehen. Shanla sei wütend gewesen, aber Zanele noch viel wütender. Und nicht nur wegen des Zeugs. Sie hätten es nämlich bei der Frau stibitzt, bei der die Mutter eines der Mädchen arbeite. »Um zurückzulegen«, habe das Mädchen gesagt, aber Zanele habe nichts davon hören wollen. Sie habe Gibsan aufgefordert, in Zukunft besser aufzupassen. Wenn er die Türen nicht offen lassen würde, könnten die Kinder nicht so leicht überall hinein.

»Das ist Unsinn, Zanele, er hat damit nichts zu tun. Das Mädchen kann jederzeit ins Haus, ihre Mutter wohnt da!«

Zanele schüttelte den Kopf. »Nein! Nein, Joni, sie dürfen nie rein, auch nicht in Küche. Sie machen Essen in Schlafzimmer. Drinnen nur für Arbeit.«

Ich traute meinen Ohren nicht. Sie mussten ihr Essen im Schlafzimmer kochen, wie furchtbar! Dass es nichts ausmache, weil sie ohnehin nur dreimal am Tag *Milliemeel* bekämen, fügte Zanele noch hinzu.

Wieder kapierte ich nichts, ich kannte offenbar die normalsten Dinge von Afrika nicht. Ich ließ es dabei bewenden, es war eine merkwürdige Geschichte. »Ich bin ganz deiner Meinung, Shanla darf sich nicht schminken. Aber sei froh, dass ihre Haut wieder völlig glatt ist.« Ich trank meinen Saft aus. Zanele nickte, und ich erzählte von meiner Mutter, die sich ihre Lippen nicht anzumalen brauchte, weil sie von Natur aus einen so schönen dünnen Strich um ihren Mund hatte. Das hatte ich anscheinend schon einmal erzählt. Zanele sagte, ich hätte auch manchmal einen dünnen Strich um die Lippen. Ich freute mich, es gehörte zu den wenigen Dingen, die ich gern von meiner Mutter haben wollte.

»Nur abends«, sagte sie.

»Abends?«

»Ja, in Blau.«

Ich stieß ihr in die Rippen. Aber ich musste zugeben, dass sich meine Lippen im Laufe des Abends oft blau färbten. Sie fragte, ob das von der Kälte komme. »Nicht nur davon«, antwortete ich. »Da ist etwas in meinem Herzen eingeschlossen, in einer Kammer, hinter einer Klappe. Manchmal will es nicht mehr dort sein und stößt dann so kräftig an die Tür, dass ein Leck entsteht. Eine leckende Herzklappe verursacht blaue Lippen. Das heißt Blausucht.«

Sie blickte mich aufreizend an. »Nur weil du Dokter bist, ich glaube doch nicht alle Geschichten!«

Warum ich nicht schon mal mit dem Stapel anfangen würde. Sie ließ nicht locker. Aber es war keine schlechte Idee, ich konnte ja mal anfangen. Ich stellte das leere Glas in den Ausguss und ging in mein Arbeitszimmer.

Viele Papiere konnten weg. Weshalb sie das niederländisch-französische Wörterbuch dazugelegt hatte, mochte der Himmel wissen. Einfach zurück ins Regal. Nicht, dass ich es hier oft benutzte, aber trotzdem: zurück ins Regal. Fotos von unserer Familie im Schnee. Ein kleiner Stapel. Weshalb lagen die hier? Gott, wie süß. Ich sah, wie sehr Alex Papa ähnelte. Vor allem die Nase. Und auch die hellen Augenbrauen hatte er von Papa. Miri und ich gaben André gleichzeitig einen Kuss. Er stand strahlend in der Mitte, mit seinem kräftigen Kinn; uns sah man im Profil. Miri ist etwas kleiner als ich und hat den gleichen Pony. Die Fotos zu betrachten war völlig sinnlos, das wusste ich.

Ich drehte das oberste um, so dass die glatte weiße Seite nach oben zeigte.

Auch so sah ich sie noch. Warum hatten sie nie etwas von sich hören lassen? Warum hatten sie mein Verschwinden hingenommen? Es machte ihnen nichts aus, ohne mich zu leben, mich als nicht existent zu betrachten. Vielleicht mussten sie anfangs noch kurz schlucken, aber alles verblasst. Auch die Schwester.

André hatte es ein einziges Mal versucht, er hatte mich angerufen. Er war wütend, weil ich einfach gegangen war. Ich sagte, es sei besser für mich. Er fragte nach meiner Telefonnummer, ich hatte noch keine. Ich wusste aber da schon, dass ich sie nicht herausgeben würde. Ich wollte mit nichts mehr konfrontiert werden. Ich blickte auf den Stapel mit dem umgedrehten Foto obendrauf. Ich musste mich entscheiden; sollte ich sie wegwerfen oder nicht? Ich wollte sie aufbewahren.

Links von mir legte ich hin, was ich behalten wollte. Mit der rechten Hand zog ich einen Kalender aus dem großen Stapel. Einen alten Kalender, der konnte wohl weg.

»Sirup, Sirup, Sirup.« Freitag, Sonnabend, Sonntag.

Kein gewöhnlicher Kalender. Ich wusste wieder, weshalb ich ihn mitgenommen hatte, weshalb ich ihn nicht zurücklassen konnte. Mein »Blutheft«. Jetzt kam es mir vor wie ein schlechter Scherz. Ich konnte mir nicht vorstellen, dass mein Gynäkologe jemals etwas damit vorhatte. Vor allem Schleim sollte ich notieren, Schleim könne auf einen Eisprung hindeuten. Mein Magen drehte sich um. All die Mühe hätte mir erspart bleiben können. Sie hätte es mir eher sagen müssen. Bevor wir überhaupt an Kinder dachten.

Verdammt.

Ihre nackten Füße steckten in zu kleinen dunkelblauen, spitzen Pumps mit halbhohen Hacken. Sie konnte kaum darin laufen. Bei jedem Schritt schien sie umzuknicken. Sie hatte sich in ein geblümtes, tief ausgeschnittenes Kleid gezwängt. Eigentlich war sie zu dick dafür. Ein schmaler Gürtel teilte das Kleid. Durch den blusenden Effekt schien es nicht ihre Größe zu haben. Anstelle ihrer Mütze hatte sie ein Hütchen aufgesetzt, ein rotes Hütchen, das unangenehm schrill von der übrigen Kleidung abstach. Ich sagte nichts, sie hatte sich alle Mühe gegeben.

Erst als sie ein paar Minuten später die Küchentür abschloss, fragte ich, warum sie sich so fein gemacht habe. Sie glitt mit den Fingern über das Kleid und lächelte.

Ihre Cousine Tisha sei gestorben.

»Du gehst doch wohl nicht in diesem geblümten Kleid zu einer Beerdigung?«

»*Yebo!*«

Ob es nun gut oder schlecht sei, dass jemand gestorben war, sie trage dieses Kleid immer zu Beerdigungen. Ich blickte sie an. »Aber so etwas ist doch nie gut!«

Sie nickte eifrig. Heute war ein Beispiel für »gut«. Tisha sei jahrelang von ihrem Mann geschlagen worden. »Schnaps«, fügte sie hinzu. Nun sei das vorbei, für immer vorbei.

Ob das die Cousine sei, die auch schon ihr Kind wegen des Alkohols verloren habe, fragte ich. Sie nickte. »War nicht genug Schnaps für Baby, stimmt, ja.«

»FAS«, sagte ich. »So heißt das, Fötales Alkohol-Syndrom nennen wir das.«

Bitteres Gelächter. »Siehst du, wir sind krank, und Weiße denken nur Name aus. Das ist alles, Name ausdenken!«

Also dafür arbeiten wir, dachte ich. Verzweifelt stand sie vor mir. Sie schwieg.

»Hat er sie totgeschlagen?«, fragte ich ruhig.

Zanele nickte, als wäre das die normalste Sache der Welt.

Während sie sagte, dass sie auch den Durchgang zum Plattenweg abschließen würde, tasteten ihre Finger nach dem richtigen Schlüssel am Bund.

»Geht Shanla mit?«

Sowohl Shanla als auch Mbufu würden mit ihr gehen. Sie hoffe, vor Einbruch der Dunkelheit zurück zu sein.

Ein Rest Abendessen vom Vortag müsse für mich reichen, er stehe im Kühlschrank. Ich sagte, ich würde schon zurechtkommen. Sie zeigte zum Küchenschrank, da liege auch noch Brot. »Ich komme schon zurecht«, sagte ich. Vielleicht würde ich eines Tages auch mal im Krankenhaus essen. Sie verzog das Gesicht.

Ohne zu grüßen, schlurfte Mbufu, der sich zum ersten Mal seit Wochen wieder rasiert hatte, mit gelangweiltem Gesicht über den Plattenweg zum Tor. In der Hand hielt er ein Oberhemd, das ich noch nie an ihm gesehen hatte. Eigenartig, ich sah immer nur Teile von ihm: einen Arm, eine Schulter, einen Ellenbogen, eine Hand. Vielleicht kam das, weil er so muskulös war, oder durch den Rhythmus seiner Bewegungen.

Auch Zanele war aufgefallen, dass er nicht einmal gegrüßt hatte. Mit lauter Stimme rief sie ihn zurück. Wie ein Tier, das nichts zu fürchten hat, drehte er sich um. »Ehhh?«

»Was, ehhh?«

Zanele und ihr Sohn begannen sich zu streiten. Ich wollte nichts damit zu tun haben. Seine Aggression stand im Widerspruch zu seiner ruhigen Art. Sie passte nicht zu seiner

Haltung, zu seinem Körper. Mbufu holte sich Milch aus dem Kühlschrank. Offenbar passte ihm das Ganze nicht, aber Zanele sagte, er solle sich nicht so anstellen. Er habe ohnehin nichts anderes zu tun.

Er schrie etwas auf Zulu. Zanele baute sich vor ihm auf und nahm ihm die Milchtüte aus der Hand. Gebieterisch hob sie den Zeigefinger. Auch sie wechselte ins Zulu. Sie wünsche das nie wieder zu hören. Wenn er das noch ein einziges Mal sage, wolle sie ihn nie wieder sehen. Vor sich hin murmelnd, verließ er die Küche.

Die Kleine hatte sich unsichtbar draußen auf dem Plattenweg postiert. Sie hatte alles gehört. Sie wagte nicht aufzublicken, sondern wartete, bis ihre Mutter das Zeichen zum Aufbruch gab. Sie hatte ihr weißes Blüschen und ihren dunkelroten Rock an. Ihre mageren Beine steckten in ordentlichen Schuhen. Ich sagte ihr, wie hübsch sie aussehe. Strahlend fragte sie, weshalb ich nicht mitkäme. Sie bekam einen sanften Stups. Ob sie völlig verrückt geworden sei, sagte ihre Mutter. »Joni hat da doch nichts zu suchen.«

Shanla kräuselte die Lippen. Ich bestätigte, dass ich da tatsächlich nichts zu suchen und heute normalen Dienst hätte. Shanla nickte. Wenn sie am Abend zurückkämen, wolle sie mir noch etwas zeigen. Sie stellte sich auf die Zehenspitzen, um größer zu sein, und flüsterte mir ins Ohr: »In meinem Glas.«

»Gut«, sagte ich und hoffte, dass das Lebewesen bis dahin an Sauerstoffmangel zugrunde ginge.

Zanele schloss das Eisentor ab, und die drei gingen langsam fort. Ich blieb einen Augenblick auf dem Plattenweg stehen. Ich sah noch, wie Zanele nach ein paar Schritten ihre Schuhe auszog.

Mike hatte nun schon zweimal gesagt, dass er meine Brüste schön finde. Ich ging nicht darauf ein. Es erinnerte mich nur an Wouter, der manchmal im Scherz sagte, er wüsste nicht, wie er sich entscheiden würde, wenn er die Wahl hätte. Nicht zwischen meinen beiden Brüsten, sondern zwischen meinem Po und meinen Brüsten. Er liebte das Runde. Ich strich mit beiden Händen über meine Pobacken, hin und her, ein paarmal. Es ist nicht mehr viel davon übrig, dachte ich. Ich musste zugeben, dass ich Magerkeit allmählich schön fand, es passte besser zu der, die ich sein wollte. Was Wouter wohl davon halten würde? Wahrscheinlich würde er sich Sorgen machen, sagen, dass es nicht gesund sei. Mit ihm zusammen wäre das nie passiert, es war immer, als ob er meine Grenzen festlegte und auch das, was ich brauchte. Obgleich er es mich nicht spüren ließ. Ich hatte nie den Eindruck, dass ich die Herrschaft über meinen Körper verlor. Gerade weil ich wusste, dass er mich in der Hand hatte, empfand ich eine Art Freiheit. Ich konnte mich ihm hingeben, seine Dominanz gab mir Schutz. Bei ihm hatte ich gar keine Chance, zu wenig zu essen. Weshalb ist das nun anders? Weshalb kann ich das nicht selbst?

Ich sah, dass Zanele wieder einmal ohne Handschuhe arbeitete. Wahrscheinlich brauchte Gibsan die heute. Sie hatte Unkraut gejätet. Mit einem Eimer begoss sie die Pflanzen. Die Terrassentür stand offen, ich hörte sie vor sich hin summen, dasselbe Lied wie immer.

Sie erschrak, als ich in den Garten kam. Sie hatte mich nicht erwartet. Sie sagte, sie habe gerade an mich gedacht. Es war so schön, wenn sie das sagte.

»Nicht gut, das mit Mutter.«

»Ach, es ist nun einmal so …«

»Weiß ich, aber nicht schön.«

»Nein, aber es war nie wirklich gut, Zanele. Es war immer eine große Distanz zwischen uns.«

Wir ließen das Thema fallen. Was sollte man noch groß erklären. Ich hatte nie Wärme empfunden, und außerdem konnte ich es auch nicht richtig erklären. Wir standen jetzt dicht nebeneinander. Da sie ein paar Zweige im linken Arm hielt, sah es aus, als stünde ihr Bauch etwas vor.

»Was guckst du?«, fragte sie aggressiv.

»Nichts, nichts. Ich gucke nur deinen Bauch an, das ist doch erlaubt?«

Ich sagte, dass ich immer einen deutlichen Unterschied sähe zwischen Bäuchen, in denen ein Kind gelegen hatte, und den anderen.

»Uuhhh, damals war ich dick, superdick!«

Ich fragte, was ich noch nie jemanden zu fragen gewagt hatte: wie es sich anfühlte.

»Big, big!« Ihre unteren Zähne glänzten in der Sonne.

Ich streckte meine Hände vor und begann zu watscheln. Ich tat, als hätte ich einen ganz schweren Bauch, als könnte ich nur mühsam den Rücken gerade halten. Ich kräuselte die Lippen, es fühlte sich gut an, und so ging ich durch den Garten, während Zanele sich vor Lachen bog. Ich lief zu ihr hin.

Ob ich sie nachgemacht hätte. Ja, ich hätte nachgemacht, wie sie Shanla trug, aber eigentlich auch nicht. Ich fände es herrlich, schwanger durch den Garten zu gehen. Zanele packte meinen Arm und watschelte mit. Sie gab mir einen Klaps auf den Hintern. »Po nach hinten«, sagte sie.

»Aber ich habe keinen!«, rief ich. Sie gab mir noch einen Klaps. »Was ist das dann, was ich fühl? Eh?«

Po nach hinten. So war es aber schwieriger, den Bauch

herauszustrecken. Zwei watschelnde Frauen gingen durch den Garten. Plötzlich begann sie nachzumachen, wie es war, wenn man Wehen bekam, wenn die Fruchtblase platzte. Sie ließ die Zweige fallen und warf sich auf den Boden, stöhnend und schreiend. Ich konnte mich nicht mehr halten vor Lachen, ich machte mir fast in die Hose. Sie quietschte vor Vergnügen und sagte, dass es sich genau so anfühle, als wenn man sich in die Hose mache. »So ist das, Joni!« Wir lagen zusammen auf der Erde, wir lachten und lachten und wollten gar nicht mehr aufhören. Ich fühlte mich wunderbar, weil ich seit langem nicht mehr so gelacht hatte. Und weil ich mit Zanele zusammen war. Wir lachten, weil sie jetzt begriff, was mich hierher geführt hatte. Ich fühlte mich klein, die Welt war nicht größer als wir hier zusammen im Garten.

Es war warm, sehr warm, am liebsten hätte ich mich ausgezogen, völlig ungeniert, wie früher. Aber das ging nicht, es wäre eigenartig gewesen, nackt im Garten zu liegen, auf dem trocknen Gras, mit der Hand zwischen den Beinen vor lauter Angst zu pinkeln. Wir hatten Bauchschmerzen vom Lachen, als wir uns ansahen. Wir lagen dicht nebeneinander, sie auf dem Rücken und ich auf der Seite. Ich sagte, dass sie lieb sei.

Obwohl ich mich bemühte, unser Gespräch über meinen Körper zu vergessen, blieb es doch hängen. Ich fühlte mich elend. Irgendwie machte es mich krank. Ich bekam Fieber.

Früh am nächsten Morgen meldete ich mich im Krankenhaus ab. Albert erschrak; das hatte ich in all den Jahren noch nie getan. Zanele klopfte besorgt an die Schlafzimmertür, und als sie sah, dass ich noch im Bett lag, kam sie schnell herein. Selten benutzte ich hier Decken, jetzt hatte ich mich rundum eingepackt. Sie setzte sich auf die Bettkante. Meine Lippen seien wieder blau, sagte sie, sie werde mir schnell eine Tasse Tee machen. Ich wollte nicht, dass sie wegging.

»Gut«, sagte sie, dann werde sie nur eben aufstehen, um das obere Fenster hinter den Vorhängen einen Spalt zu öffnen, sie finde frische Luft wichtig. Ich sagte, dass mir kalt sei, aber sie überhörte es. Den Vorhang zog sie wieder ordentlich zu und setzte sich an dieselbe Stelle auf der Bettkante. Der Wind, der durch das kleine Fenster wehte, bewegte den Vorhang ein wenig. Durch einen Spalt schien grelles Sonnenlicht herein und warf einen breiten weißen Streifen auf Zaneles Gesicht. Ich sagte, dass ich zum ersten Mal sehen könne, wie ihr Gesicht in Weiß aussah. Sie schob ihre Hand dorthin, wo nur Wouter mich berührt hatte: auf die Stirn, direkt unter meinen Pony, und sie nickte, als ob sie genau das spürte, was sie erwartete. Einen heißen Kopf, ich redete offenbar im Fieber.

Dennoch waren unsere Gespräche zu etwas gut gewesen; endlich sah ich wieder, was ich in Wirklichkeit war. Ein Wrack. Ein Wrack für den großen Schrotthaufen von Soweto. Zanele lächelte. »Dahin dürfen nur Autos.«

Aber ich könne mich ja einfach dazwischenlegen, niemand würde es merken.

Ein Schauder lief mir den Rücken hinunter. Ich durfte nicht so verzweifelt sein, das hasste sie.

Nur die Geier mit ihren scharfen Augen, die unaufhörlich über Afrika kreisten, würden mich sofort finden. Sollen sie mich haben. Meine Augen füllten sich mit Tränen.

Mit dem Finger wischte sie eine Träne ab und ließ dann ihre Hand dort, auf meinem Gesicht. Sie fragte, ob ich irgendwo Schmerzen hätte. Ich nickte. Ich rieb über den unteren Teil meines Rückens, dort hatte ich immer wieder ein scheußlich kaltes Gefühl. Ich solle mich kurz umdrehen, forderte Zanele mich auf. Vorsichtig drehte ich mich auf den Bauch.

Sie schob mein Nachthemd ein Stück nach oben. Ich spürte, wie ihre warmen Hände über den unteren Teil meines Rückens glitten, ich hatte nicht geahnt, dass sie so weich waren. Ein wenig höher dann betastete ihre rechte Hand vorsichtig meine Seite, die Stelle, wo die rechte Brust anfing. Ich krümmte den Rücken, so dass mein Oberkörper sich etwas hob. Sie durfte mich spüren.

Die Vorhänge bewegten sich. Der Wind wehte stärker als normal durch das kleine Fenster bis zu uns. Der Luftzug machte mich träge, ich fühlte mich immer leichter, die Augen fielen mir zu.

Durch das kleine Fenster flattert etwas herein. Ich kann es nicht sehen, aber ich höre ein Tschilpen, ich erkenne es, es ist das Vögelchen mit den wunderschönen Farben, grell und strahlend. Zuerst fliegt es eine Runde, danach kommt es näher und hüpft zu mir aufs Bett. Ich erschrecke und sage, dass es nicht hierher gehöre. Das Vögelchen tschilpt lauter, es will nicht aus dem Zimmer. Warum es bleiben will, ist mir ein Rätsel, und ich setze mich auf und versuche, es zum Fenster zu scheuchen. Es wird lauter, fliegt in die falsche Richtung. Erst als ich richtig böse werde und mit beiden Händen wedele, kann ich es zu den Vorhängen scheuchen, die ich mit einem Ruck aufziehe. Es wird einen Kampf geben, wenn ich es durch das kleine Fenster wieder hinausbekommen will, also öffne ich die Balkontür. Aber es begreift nicht, dass es in seiner natürlichen Umgebung, im Freien und ohne mich, besser dran ist. Als es endlich hinausfliegt, frage ich mich, was, um Himmels willen, es von mir wollte, warum es bei mir sein wollte. Es bleibt auf der Balkonbrüstung sitzen. Als ich die Vorhänge zuziehen will, scheint es mich traurig anzusehen. Ist auch nicht nett von mir; durchs Fenster nach drinnen schauen schadet ja nichts. Ich will mich wieder aufs Bett legen. Bevor ich mich umdrehe, blicke ich es noch einmal an, und ja, verflixt, es schwirrt schon wieder durch die Luft. Damit es nicht noch einmal auf die Idee kommt, ins Zimmer zu schwirren, will ich die Balkontür schließen. Schnell fliegt es darauf zu, ich packe den Griff und ziehe an der Tür. Zu spät.

Ich streichele sein verwundetes Schnäbelchen, den kleinen Rücken. Warum will es bei mir sein? Es gibt keinen Laut von sich, starrt mich nur an. Kurz streiche ich mit der Wange über sein Köpfchen. Ich darf dich nicht mehr verjagen. Du passt genau in meine rechte Hand.

Nachmittags stand ich auf, duschte, putzte mir die Zähne, zog mich an, ging die Treppe hinunter und merkte, dass es mir besser ging. Es war zu spät für Kaffee, was Zanele anscheinend auch so sah. Ob ich Tee wolle, er sei schon fertig. Sie sagte, ich sähe viel besser aus, und ich zögerte, ihr von dem Vogel in meinem Zimmer zu erzählen.

Shanla schaute um die Ecke, weil sie wissen wollte, wo ihre Mutter blieb. Sie war vergnügt, kam zu uns gelaufen und fragte, ob sie ihr Buch schon einmal holen dürfe. Als sie fort war, nahm ich einen Schluck Tee. Zanele sagte, wie schön sie es finde, dass ich mit Shanla lerne. Sie fragte, welche Menschen mich etwas gelehrt hätten, früher, als ich klein war.

Ich erzählte, wie ich in meiner Studentenzeit oft auf ein Schwätzchen bei Oma Anne vorbeischaute, und dass ich danach immer CDs mitbekam, die wir das nächste Mal ausführlich besprachen.

Erstaunt fragte sie, ob Oma Anne denn nicht bei meinen Eltern gewohnt habe.

Ich verstand Zaneles Entrüstung. Hier gebot es der Respekt, den alten Vater oder die alte Mutter bei sich aufzunehmen und sie zu versorgen. Vorausgesetzt, man hatte ein Haus. Die Großeltern genossen es, dass sie nichts mehr zu tun brauchten. Beim kleinsten Anlass riefen sie eines der vielen herumtollenden Enkelkinder und ließen sich etwas zu trinken oder sonst etwas bringen.

»Bei uns ist das anders. Es gibt aber Häuser, in denen alte Leute zusammen wohnen, wenn sie sich nicht mehr selbst versorgen können. Aber bei den Kindern?«

Es war deutlich zu sehen, dass sie das nicht guthieß. »Oma stark?«

»Stark, nun ja, inzwischen lebt sie nicht mehr, sie starb, kurz bevor ich wegging, aber sie war schon stark, ja, trotz all der Dinge, die sie erlebt hatte.«

»Welche Dinge?«

»Im Krieg. Ein Teil meiner Familie wurde ermordet. Nur Oma Anne und ihr Mann haben überlebt. ›Wunder über Wunder‹, wie meine Mutter immer sagte, und dann wurde Oma Anne auch noch, Wunder über Wunder, schwanger. Aber ihr Mann war sehr krank durch die schreckliche Zeit, die er hinter sich hatte, also saß Oma Anne plötzlich, Wunder über Wunder, mit einem Säugling, ihrem Sohn, allein da, und ihr Mann, der offenbar André geheißen hatte, war gestorben.«

Ich sah Zanele an, dass sie nicht ganz begriff, wovon ich sprach.

»Oma schwarz?«

Ich lachte laut auf.

»Ja, schwarz. Du sagst Krieg und Dinge.«

»Aber nein!« Ich konnte mir Oma Anne absolut nicht als Schwarze vorstellen. Das hätte ich ihr gern noch erzählt, wir hätten zusammen darüber lachen können. »Der Krieg ging nicht um die Hautfarbe, Zanele, er ging gegen die Juden, die Juden sollten ausgerottet werden.«

»Eh?«

»Weil sie anders waren.«

»Siehst du! Wie Schwarze!« Zanele hatte es sofort richtig verstanden, nur ich hatte die Übereinstimmung nicht gleich gesehen. Sie hatte Recht, es lief alles auf dasselbe hinaus. Und die Geschichte Westeuropas sagte ihr natürlich nichts. Wusste sie, wo die anderen Kontinente lagen? Vielleicht sollte ich eine Karte holen, um ihr zu zeigen, woher ich kam. Eilig lief ich in mein Arbeitszimmer und rief, ich würde in einer Sekunde zurück sein. Sie sollte nicht denken, dass ich es dabei beließe. Mit einem Atlas unter dem Arm rannte ich zurück ins Wohnzimmer. Da hatte Shanla es sich inzwischen mit ihrem Buch an der Seite ihrer Mutter gemütlich gemacht. Sie fragte, ob wir anfangen könnten. »Einen Moment«, sagte ich.

Ich blätterte und schlug im Atlas eine Doppelseite mit der Weltkarte auf. Zanele nickte. Das hatte sie schon einmal gesehen. Shanla wollte wissen, was das sei.

Ich zeigte auf Südafrika. »Hier sind wir«, sagte ich. Shanla guckte interessiert. Auch Zanele schaute hinein, obwohl sie es schon einmal gesehen hatte. Mit meinem Zeigefinger zog ich einen Kreis um den ganzen Kontinent. »Das ist Afrika.«

Ich schob meine Hand über die Ozeane, sagte dazu »Wasser, Wasser, Wasser ...« und schob dann den Finger nach oben, um zu zeigen, woher ich kam. Und wo der Krieg gewesen war, über den ich mit Zanele gesprochen hatte. »Weit weg«, sagte sie, und das stimmte.

Shanla fragte, was denn das andere alles sei, und so kamen wir auf Amerika zu sprechen und auf Asien, einen Kontinent, wo die Menschen wieder ganz anders aussahen. Ich erzählte von Hautfarben und Augen. Mit dem Zeigefinger zog ich mein eines Augenlid lang, darüber musste Shanla lachen. Zanele blickte noch immer prüfend auf die Karte. Shanla fragte ihre Mutter, ob es wahr sei, das mit den Augen. Anhand eines Atlas musste sie an die Existenz von Chinesen glauben.

Nicht weit von dort, wo die Leute eingeliefert wurden, hatte Albert auf einer länglichen Tafel einen Plan gezeichnet. Um die Patienten und ihre Familien nicht unnötig zu beunruhigen, hatte er über die drei Spalten nichts geschrieben. Für uns war die Aufteilung der Betten in Nummern ausreichend.

Patienten aus der letzten Spalte landeten im Allgemeinen auf dem Operationstisch oder im Sarg. Ich befasste mich am liebsten mit den Betten aus der mittleren Spalte. Die Fälle aus der ersten Spalte überließen wir schon mal Praktikanten. Gegen die Vorschrift, natürlich. Bei Patienten aus der dritten Spalte standen wir meist zu viert am Bett. Oft wurde sofort ein Chirurg hinzugezogen, der beurteilen sollte, was noch zu retten war.

So lernte ich Mike kennen, der sich konzentriert über einen halb toten Patienten beugte. Er wirkte selbstsicher und dominant, was mich zunächst an Wouter erinnerte. Nachdem der Patient nachmittags weggebracht worden war, kamen wir ins Gespräch. Und ich merkte zum ersten Mal seit langer Zeit, dass ich gern mit jemandem ins Bett wollte.

In der mondlosen Nacht darauf dachte ich an ihn. Eine

Nacht, noch schwärzer als die Nächte, in denen der Stromausfall alles verdunkelte. Ich würde ein bisschen nachhelfen. Ich überlegte, wie ich das am besten anpacken könnte. Wir müssten uns verabreden, ohne dass die Kollegen es sofort spitzkriegten.

Während ich mir einen Plan zurechtlegte, hörte ich es auf dem Dach rascheln. Ich versuchte, nicht weiter darauf zu achten. Es konnten schließlich auch Vögel sein. Oder es war der Nachtwind. Meine Gedanken schweiften ab. Ich konnte mich nicht länger konzentrieren, weder auf Mike noch auf meinen Plan. Ich sah immer mehr seltsam deformierte Menschen oder Blicke, die ich bei Tage aufgefangen hatte. Rachsüchtige Männeraugen. Ich merkte, dass ich mit ausgestreckten Beinen wie erstarrt auf dem Rücken lag. Voller Angst vor der Stunde der Rache krallte ich mich an die Bettkante. Ich dachte an Schuld, an Buße. Es war seltsam, dass ich mich wegen etwas schuldig fühlte, das ich nicht getan hatte.

Als ich am nächsten Morgen auf Zaneles Mitleid wegen meiner schlaflosen Nacht hoffte, war ihre Antwort: »Wer soll denn sehen, du bist nicht afrikaans?«

Und um meine Ängste auszuloten, setzte sie mir auseinander, was mit dem Land geschehen würde, wenn alle Schwarzen mit ihren Küchenmessern auf die Straße gingen. Mit tiefen Ringen unter den Augen trank ich an dem Morgen so viel Kaffee wie möglich. Ich versuchte, darüber zu lachen.

Zanele befasste sich mit den praktischen Dingen. Sie wusste, dass Blitzableiter in dunklen Nächten schon mal von den Dächern verschwanden. Über das große Eisentor neben der Haustür konnte man ziemlich leicht aufs Dach klettern. Sogar Teile der Stange versuchten sie manchmal mitzunehmen, um Gott weiß was damit zu machen. Zaneles erste Beschäftigung an diesem Morgen bestand deshalb darin, sich mit der Mütze auf dem Kopf draußen, ein Stück vom Haus entfernt, hinzustellen und zu prüfen, wie es da oben aussah. Einmal hatten wir den Blitzableiter schon ersetzen müssen, was sie am gleichen Tag noch mit Gibsan zusammen organisierte. Ich hatte sie gefragt, ob sie wirklich so viel Angst vor Blitzschlag habe oder ob sie einfach nicht ertragen könne, wenn irgendetwas nicht an seinem Platz war.

Sie schwieg.

Im Garten der Afrikaander in unserer Straße hatte Shanla einen großen Vogel gesehen. »So groß wie ich!«, fügte sie ausgelassen hinzu. Sie lief wieder barfuß, es kostete mich Mühe, keine Bemerkung darüber zu machen. So groß, das schien mir doch ein bisschen übertrieben. Es sei wirklich wahr, rief sie, ich müsse ihr glauben. Ich blieb dabei, dass mir das übertrieben vorkomme, so groß seien die Vögel Afrikas nun auch wieder nicht. Sie tippte sich mit der linken Hand an die rechte Schulter. Wenn da wirklich ein Riesenvogel herumlaufe, der ihr bis an die Schulter reiche, solle sie mir den einmal zeigen.

Shanla schüttelte den Kopf.

»Wieso nicht?«

Sie wandte die Augen ab. Ich hielt meine Nachbarn für freundlich; wenn wir uns begegneten, grüßten wir uns immer. Mir falle kein Grund ein, sagte ich zu Shanla, weshalb ich dort nicht einmal kurz über den Zaun spähen dürfe. Sie versuchte, sich davonzuschleichen und meinen Vorschlag zu ignorieren.

»Warum denn nicht?«, bohrte ich.

Sie starrte die Küchenfliesen an. »Nicht mit mir.«

Ich trat zu ihr. Wir blickten uns in die Augen. »Wieso nicht?«

Meine Haltung machte sie unsicher. Wie von selbst bewegten sich plötzlich ihre Lippen, und sie begann zu reden. Happy und die anderen hätten schon öfter hässliche Dinge zu ihrer Mutter gesagt. Sie habe es selbst gehört. Wenn sie manchmal in der Mittagspause unter dem großen Baum an der Ecke dabeisaß. Dass alles nicht wahr sei, sagten die anderen dann. Mir blieb der Mund offen stehen. Dass was nicht wahr sei – was sie damit meine, fragte ich. Na, ganz einfach, dass wir uns nicht hassten, antwortete sie.

»Hassen?«

Ich müsse doch begreifen, was sie meine, murmelte sie. Auf einmal war ich das Kind, dem man etwas erklären musste, aber dazu war offenbar keine Zeit mehr. Shanla lief hastig hinaus und ließ mich in der Küche zurück.

Mit einem unangenehmen Gefühl im Magen ging ich die Treppe hinauf. Zanele stand mit ihrem Staubtuch oben im Flur. Ihr Staubwischen ähnelte einem Staubverteilen. Ich mischte mich aber nicht ein, denn schließlich sah alles sauber und ordentlich aus.

Ohne auf ihren Gruß zu reagieren, ging ich an ihr vorbei in mein Zimmer. Mir war nicht nach einer Unterhaltung zumute. Wieder murmelte sie einen Gruß. Irritiert fragte ich sie, was ihre Freundinnen, um Himmels willen, gegen mich hätten.

»Uhh, easy, Joni!«

Ich hasste dieses »easy«. Sie könne es mir ruhig sagen, direkt ins Gesicht.

Auf ihre langsame Art erklärte sie mir, dass es nichts mit

mir zu tun habe. Bestimmte Dinge hätten sich nun einmal im Laufe der Jahre so ergeben.

»Herrgott, Zanele! Sag jetzt einfach, worum es geht! Ist es dir peinlich? Winkst du deshalb kaum, wenn ich zufällig vorbeifahre, während ihr alle zusammen an der Ecke sitzt? Ist es das?«

Sie schwieg. Ich sei sicher auch zu weiß, um abends mit ihnen zusammen zu essen, wollte ich noch sagen. Ich hielt den Mund. Zaneles Kopfschütteln war nichts sagend. Ich nahm es als Bestätigung und schlug die Schlafzimmertür hinter mir zu. Ausnahmsweise warf ich einen Blick in den Spiegel hinter der Tür. Ich sah mich selbst. Armes Ding, würde Oma Anne sagen. Ich blieb noch einen Augenblick stehen.

Das war also meine Familie. Aber nur innerhalb des Hauses, da durften wir uns heimlich nett finden, durften wir miteinander reden wie Freundinnen. Im Freien durften wir uns zwar kennen, aber auch nur auf dem Plattenweg. Und das war wiederum der einzige Ort, wo ich Mbufu sah. Wie gern wollte ich ihn hier haben, in meinem Schlafzimmer auf dem Fußboden. Hier wollte ich ihn einen Abend, eine Nacht lang. Ich stellte mir vor, wie es wäre, mit ihm zu vögeln.

Armes Ding, hörte ich noch einmal. Ich durfte mich nicht so viel mit mir selbst befassen. Für Zanele war es schlimmer als für mich, mein Arbeitsbereich war getrennt vom Wohnen, bis auf wenige Ausnahmen wussten die Leute nicht einmal, wie sie hieß. Sie aber musste sich verteidigen, musste sagen, dass es ihr nur ums Geld gehe, dass sie nur mit mir reden würde, weil ich das Bedürfnis danach hätte. Zum Beweis würde sie alles erzählen, alle möglichen uninteressanten Dinge. Nicht, dass es ihnen wichtig gewesen wäre, aber für die Leute unter dem großen Baum an der Ecke war meine Unfruchtbarkeit durchaus unterhaltsam. Ich sorgte für Kost und Logis, aber ja, natürlich sei es unerhört, dass ich ganz allein in dem großen Haus wohnte und sie mit ihren beiden Kindern in der kleinen Bude hause. Aber besser eine kleine Bude als gar kein Dach über dem Kopf, fanden alle Freundinnen. Ich musste es einfach vergessen. Ich musste mir die Spielregeln klar machen und durfte mich nicht zu sehr hineinsteigern. Und weil ich Zanele kannte, wusste ich, dass sie dasselbe tun würde.

Sie hatte kleine Kuchen aus weißem Mais gebacken und fragte, ob ich ein paar ins Krankenhaus mitnehmen wolle.

»Zum Austeilen?«

Unter ihrer Wollmütze hervor blickte sie mich böse an. Sie meinte, es werde Zeit, dass ich tagsüber auch etwas äße. Sie wickelte die Maiskuchen in Folie und betonte, ich müsse sie wieder mitbringen, wenn sie mir nicht schmeckten. Shanla sei nämlich versessen darauf. Das Päckchen machte mich zur Schülerin. So viele Jahre war ich mit meinem Schulbrot in der Tasche aus dem Haus gegangen. Aber nie war etwas drauf, das ich mochte.

Manche Kinder hatten Schokoladenstreusel auf dem Brot, die Jinskys nie. Die bekamen Käse. Käse, Käse und nochmals Käse. Da gab es nichts zu diskutieren. Mama schnitt ein ganzes Brot auf, schmierte die Scheiben und ließ sie auf der Anrichte liegen. Von dem Stapel nahmen wir uns Brote, die wir in Folie wickelten. Die Jungen machten sich natürlich die größten Pakete. Ich aß in der Regel nur die Hälfte von dem, was ich mitgenommen hatte. Mama fragte ja doch nicht danach. Sie fragte nach überhaupt nichts.

Nach der Schule gingen wir meistens zu Oma Anne und blieben oft sogar zum Abendessen dort. Damals machte ich mir keine Gedanken darüber, wir hatten es gut und waren es nicht anders gewohnt. Erst später begann ich mich zu fragen, weshalb Mama keine Zeit für uns hatte, womit sie eigentlich ihre Tage verbrachte.

Dennoch hat sie nicht so sehr uns geschadet, eher sich selbst. Was hat sie nun davon?

Keine Erinnerungen. Keine Kontakte. Was mich betrifft, jedenfalls. Vielleicht sieht sie die Jungen noch regelmäßig, spricht täglich mit Miri. Ebenso gut ist es möglich, dass sie sich verändert hat. Vielleicht hat sie eingesehen, dass es auch anders gegangen wäre. Aber ich passe nicht mehr in ihr Leben. Vielleicht liebt sie inzwischen die Rolle, die ich jahrelang gespielt habe, vielleicht ist es etwas, worüber sie klagen kann, wenn sie mit ihren Freundinnen Kaffee trinkt. Man braucht doch etwas zu klagen. *Ein* Kind muss doch da sein, dem man alles Mögliche vorwerfen kann, das eine Kind, das einem ein Schuldgefühl vermittelt hat, obwohl man sich immer so bemüht hat. So wird sie Mitleid erregen können; ihr schönes Gesicht wird allmählich von Enttäuschung gezeichnet sein. Und wenn es gerade passt, kann sie ihr untröstliches Mutterherz zeigen. Oder ihre Kraft, die sie doch Trost hatte finden lassen. Dass wir uns nie sehr verbunden waren, könnte sie erzählen. Und dass sie nun mal ihre Geheimnisse hatte, aber Joni das nicht akzeptieren konnte.

Sie hat mich nicht mehr gesucht. Wenn man mich sucht, bin ich zu finden. Sie hätte Wouter anrufen können, er wusste, wo ich nun arbeitete. Sie hat sich damit abgefunden. Sie habe vier Kinder, von denen eins verbittert sei, sagt sie zu ihren Freundinnen. Dieses eine ist nicht dazu imstande, mit den Tatsachen zu leben, und ist nach Afrika gegangen. Weiß der Himmel, warum. Ja, um zu arbeiten. Aber sonst? Nein, sie hat keinen Mann. Wenigstens, soweit ich das weiß. Kinder? Nein, die hat sie bestimmt nicht. Das könnt ihr mir glauben. Ich bin schließlich ihre Mutter.

Auf dem Sitz neben mir lag zerknüllte Folie. Ich hatte alles auf einmal gegessen. Vielleicht hatte Zanele Recht, und ich sollte doch frühstücken.

Jeden Tag Maisküchlein am Steuer.

Als Zanele den Fußboden sauber machte und sich dabei bückte, fiel mein Blick zum ersten Mal auf eine Narbe an der Innenseite ihres Oberarms. Sie hatte eine eigenartige Farbe und ähnelte einem kleinen Schnitt, breit und an den Enden schmaler. Man sah, dass sie die Wunde nicht hatte nähen lassen. Es war auch eine merkwürdige Stelle, ich konnte mir nicht vorstellen, dass sie sich da die Haut aufgeschürft hatte.

Ganz normal, Messerstich, erklärte sie ohne jede Gemütsregung.

»Das ist doch nicht normal!«, sagte ich. »Wie ist das, um Himmels willen, passiert?«

»Der Tag, als meine Bruder ist ermordet, in Township. Ich hab alles versucht. Bruder war nicht wie andere Männer. Hab versucht, Joni, alles.«

»Und warum wurde er ermordet?«

»Nichts.« Sie tippte mich an. Wenn sie etwas erzählen wollte, tippte sie mich oft erst an. »Ist immer nichts. Er hat mit Freundin von Jungen in Westteil gebumst. Wenn er gewusst, zu welche Junge sie gehört, uhh, er hat bestimmt nicht getan. Bei manchen Leuten besser nicht in Nähe gehen. Mit sechs gekommen, ich war Einzige bei Bruder. Sie schlagen und ich zugucken. Zwei sprechen Xhosa. Tot machen passiert jeden Tag in Township. Und ist keine Polizei. Weil Polizei sich nicht traut in Township. Sie denken, nie werden zurückkommen. Sind bange. Und besser, wenn wir machen uns gegenseitig tot, Township wird kleiner. Frauen kommen nie raus aus Township.«

»Du aber doch!«

»Ja, ich doch. Rennen, rennen, rennen.«

Ich hing an ihren Lippen.

»Ich Impala!«

Ich lächelte. Impalas, die flüchteten, nachdem sie den Geruch eines Löwen gewittert hatten.

»Mit Shanla auf Rücken.« Sie streckte drei Finger in die Höhe. »Sie war erst drei! Mbufu rennt selber, ich wusste, er konnte. Ich habe nicht erzählt, dass wir flüchten, sonst halten uns andere zurück, schimpfen, sagen, ich will bestimmt Hure von Weißen werden. Das sagen sie, wenn Frau Township verlässt. Hure von Weißen. Mbufu, sage ich, wir sehen, wer am längsten aushält, wenn wir zusammen rennen. Wer stärker ist, du oder ich. Er fand spannend. Wir halbe Stunde gerannt und bestimmt noch sechs Stunden gewandert. Shanla auf Rücken eingeschlafen, aber Mbufu gut weiter wandert. Großer Junge! Uuhh! Ich weiß, er war stark, war auch starke Baby. Starke Knochen. Viel Milch trinken, immer Milch trinken.«

»Und deine Sachen?«

Zanele lachte. »Wenn du nicht hast, du brauchst nicht mitnehmen! Ha! Ja, Weißbrot, ein Pullover für Nacht. Aber keine Sachen.«

Voll Verwunderung hörte ich Zanele zu, ich konnte mir nicht vorstellen, dass man sich ein Kind auf den Rücken bindet und das andere an die Hand nimmt und dann ohne alles flüchtet, einfach weil man nichts hat.

»Einmal, Freundin hat Bescheid gesagt, hat Kinder gesagt, sie wollen weggehen, lange Ferien, und als die andern gehört, stehen ganz schnell große Jungen bei ihr vor Hütte, fragen, was sie vorhat, lange Ferien, ob sie Hure von Weißen werden will. Sie konnte nicht mehr weg. Wagte nicht. Sie ist noch da. Muss bleiben.« Zanele senkte den Kopf.

Zwischen Tür und Angel hatte sie mir schon vor einiger Zeit erzählt, dass sie mit ihren Kindern aus der Township geflohen war, und jetzt erfuhr ich endlich etwas mehr. Obwohl ich immer noch nicht verstand, was das Leben in der Township so viel schlechter machte als außerhalb. Auch draußen gab es meistens keine Arbeit, hatten die Leute kein Einkommen und lebten auf demselben Niveau wie in der Township. Als ich Zanele danach fragte, sah sie mich ernst an. »Früher war gut, Joni, aber jetzt keine Apartheid, keine Polizei. Township ist unheimlich. Alles Gangs. Kannst du nichts tun ohne Kontrolle von Gangs. Nicht frei.«

Sie setzte sich an den Tisch. Natürlich nicht, um zu essen. Sie klebte Fotos ein. Ich hatte beschlossen, sie nicht wegzuwerfen, also wollte Zanele sie aufgeräumt haben. Ich hatte an einen Schuhkarton gedacht, sie an ein Fotoalbum. Sie hatte eines im Dorf gekauft. Zwischendurch fragte sie, wer oder was dieses oder jenes sei, und dann antwortete ich kurz. Manchmal machte sie eine Bemerkung, sagte, dass Mama wirklich schön sei oder dass Wouter gar kein großes Kinn habe. Ich mochte die Fotos nicht ansehen, auch wenn ich am selben Tisch saß. Ich füllte die neuen Formulare für die Autoversicherung aus. Sie fand, dass ich Mama ähnlich sähe. »Danke.«

Wir sahen uns wohl schon ähnlich, obwohl man keine größeren Gegenpole finden könnte. Nein, wir ähnelten uns nicht, abgesehen von der Gesichtsform. Auf keinen Fall charakterlich. Mama war starrköpfig. Diszipliniert. Neurotisch sogar. Nach jeder Mahlzeit putzte sie sich die Zähne. Wenn das nicht innerhalb einer Stunde nach dem Essen möglich war, aß sie gar nicht erst. Oder sie trank keinen Kaffee. Ja, das hätte ich fast vergessen, nach jeder Tasse Kaffee putzte sie sich sofort die Zähne. Es war eine extreme Form von Hygiene. Oder hatte es etwas mit ihrem Essproblem zu tun? Nach dem Zähneputzen trank sie nur noch Wasser. Ihr Gebiss war schön, aber das hatte sie nicht dem sechsmaligen Zähneputzen pro Tag zu verdanken. Ich putzte meine Zähne nur morgens und abends. Ich versuchte mich zu erinnern, ob sie auch mal eine Ausnahme gemacht hatte. Nein. Eiserne Disziplin, auf jedem Gebiet. Wenn sie beschlossen hatte, über irgendetwas nicht zu reden, schwieg sie. Stunden, Tage, Wochen.

Mit mir kann man reden. Nur das Starrköpfige, das habe ich vielleicht von ihr. Und doch ähneln wir uns nicht. Nicht die Spur.

Ab und an kratzte Zanele sich am Kopf. Das hörte ich, weil wir nun so still zusammen am Tisch saßen. Es hörte sich anders an, als wenn ich das machte.

Ich las, dass ich das Auto nicht gegen Diebstahl versichern könne. Es wurden zu viele Autos gestohlen, also hatte die Versicherungsgesellschaft es abgeschafft. Ich las die Zeilen laut vor. Zanele erzählte, dass »Car-jacking« eine Art Beruf geworden sei. Schwarze, die Leute aus den Autos zerrten, wenn sie vor einer Ampel warteten. »Wenigstens wenn du Glück hast, sonst: peng, peng.« Ich hatte diese Geschichten auch schon gehört. Es gab sogar Weiße, die das als Entschuldigung benutzten, um bei Rot zu fahren. Zanele lachte. »Guter Witz!«

Ich ging nicht näher darauf ein. Die Gefahr, das Leben wegen eines Autos zu verlieren, schien mir immer noch recht gering. Aber dass ich es nicht gegen Diebstahl versichern konnte, wurmte mich. Zanele hielt demonstrativ ein Foto hoch. Ich tat, als merkte ich es nicht. Deshalb drehte sie es zu mir hin. Ich blickte noch immer nicht auf.

»Dokter?«

Ich sah weiter in meine Papiere.

»Dokter?«

Es ärgerte mich, wenn sie mich so nannte.

Beim dritten Mal schaute ich ungehalten auf. Sie sah mich erwartungsvoll an.

Ich sah mich selbst, in einem viel zu großen Arztkittel. Meine Arme waren in den Ärmeln versteckt, der Kittel schleifte auf dem Boden. Was für ein Lächeln! Ich war unheimlich stolz, und Papa hatte mich tatsächlich einmal so fotografiert.

Einige Fotos steckten in Alben, andere in Mappen, und es gab auch noch ein paar prall gefüllte Briefumschläge. Dieses Foto hatte ich jedenfalls noch nicht gesehen. Ich merkte, wie viel Spaß es Zanele machte, meine Fotos zu betrachten, deshalb hatte sie auch vorgeschlagen, sie einzukleben. Dieser Kittel! Und meine Freude, nicht zu fassen. Sie legte es wieder hin, die weiße Seite nach oben. Sie strich Klebstoff auf alle vier Ecken.

Während der Klebstoffgeruch meine Nase reizte, dachte ich daran, wie Papa mich angerufen und wie streng er geklungen hatte. Es war sein erster Anruf, seit ich nicht mehr zu Hause wohnte. Ich solle nicht überreagieren, sagte er. Ich solle Mama nicht die Schuld geben. Auch er habe nicht absehen können, dass die Folgen so schwerwiegend sein würden. Das könne nun einmal passieren mit Medikamenten. Es gebe Opfer auf der ganzen Welt.

Zanele kratzte sich wieder am Kopf. Aber es war ausgiebiges Kratzen, sie benutzte nur einen Finger und kratzte damit ein paarmal hin und her. Hörte sich das wirklich anders an, oder bildete ich mir das ein? Ich würde es einmal testen.

Warum ich kein Foto von Oma Anne hätte, fragte sie.

Ich blickte auf. Ich hatte keine bewusste Auswahl getroffen, als ich die Fotos zu den Sachen warf, die ich mit nach Afrika nahm. Ich hatte also keine Ahnung. Vielleicht besaß ich ja gar kein Foto von Oma Anne.

Wie sie denn ausgesehen habe?

Ich lächelte. »Ich mochte ihre Stimme. Die war fröhlich, anders als ihr Gesicht. Das hatte etwas Trauriges, aber das hing mit dem zusammen, was sie erlebt hatte.« Ich wollte nicht, dass Zanele dachte, Oma Anne habe schon früh alt ausgesehen. Das meinte ich nicht. Sie sah nämlich sehr gut aus, sogar als sie krank wurde, sie war eine Lady. »Um die Augen hatte sie ein paar Falten, aber sonst nirgends. Die Leute hielten sie immer für jünger, als sie war. Sie hatte übrigens bis zum Schluss ihre eigenen Zähne! Sie hatte vorstehende Eckzähne. Man konnte sehen, dass sie immer geraucht hatte, von ihrem zwölften Lebensjahr an, glaube ich. Ihre älteren Schwestern hatten ihr das beigebracht.«

Zanele strich Klebstoff auf die Rückseite eines Fotos.

Ich hörte wieder Omas Geschichten von den vielen Mädchen im Haus. Eine Strafe Gottes hatte ihr Vater das genannt. Einmal erzählte sie, wie es gewesen war, als das sechste Mädchen geboren wurde. Ihre Eltern waren den ganzen Tag über im Krankenhaus gewesen und sie, die Kinder, hatten zu Hause gesessen und auf ein Brüderchen gehofft, weil ihr Vater das wollte. Abends kam der Vater endlich todmüde nach Hause. Als sie schließlich alle der Größe nach geordnet nebeneinander saßen – die Beine ordentlich übereinander geschlagen –, sagte er, das Kind sei geboren. Er verzog den Mund zu einem breiten Lächeln und hob dabei die Mundwinkel mit den Zeigefingern. »Wir tun alle so, als ob wir uns freuen«, hatte er gesagt.

Sechs Mädchen. Von denen nur eines zurückgekommen war.

Zanele zeigte mir ein Foto, auf dem ich zu sehen war. Ich sah ziemlich mollig aus, um ehrlich zu sein, besser als jetzt. »So du bist gesund«, meinte sie mit einem vielsagenden Blick. Ich erzählte ihr von der Waage, die letzte Woche an die Nachbarstation geliefert worden war. »Ich habe mich sofort darauf gestellt, ich hatte mich seit Monaten nicht mehr gewogen. Albert hat geschätzt, und er lag nicht weit daneben.« Ich wagte Zanele nicht zu erzählen, dass ich selber erschrocken war. Ich wog genauso viel wie in der ersten Klasse der höheren Schule.

Zanele fand vor allem meine Arme zu mager, sie sagte oft, sie hingen wie Stöcke an meinen Schultern. Und manchmal beschwerte sie sich über mein Gesicht, ich solle mal in den Spiegel schauen, damit ich die eingefallenen Wangen sähe. Aber ich schaute nicht in den Spiegel. Ich hätte mich auch nicht wiegen sollen, aber als das gute Stück da war und ausgepackt wurde, fand ich es so schön altmodisch.

Ich verriet Zanele mein Gewicht. Es sagte ihr nichts. Sie wisse gar nicht, wie viel sie selbst wiege, sie habe noch nie auf einer Waage gestanden.

»Hat doch keinen Sinn«, sagte sie. Man könne auch so sehen, dass ich mager sei. Vielleicht hatte sie Recht. Trotzdem musste der Mensch wissen, wie viel er wog. Auch Zanele. Ich schlug vor, sie solle einmal ins Krankenhaus mitkommen, damit sie sich wiegen könne. Das gefiel ihr nicht. Sie erzählte von ihrer älteren Schwester. Eines Tages sei sie stolz nach Hause gekommen und habe erzählt, dass sie sich gewogen habe. Niemand hatte darauf reagiert, niemand war beeindruckt. Keines der anderen sechs Kinder. Nicht einmal die Mutter, obgleich sie ihr Lieblingskind war. Weil sie die Älteste war. Nach Zaneles Meinung war es ein Geschenk des Himmels, wenn das älteste Kind ein Mädchen war.

»Sie sorgt für alle weiteren Kinder«, erklärte Zanele. Das erstaunte mich, denn ich war mit der entgegengesetzten Vorstellung aufgewachsen. Einen Sohn musste man als Erstes haben, der sorgte dann für die anderen, wenn den Eltern etwas passierte. Das sagte ich Zanele.

»Sohn? Nein! Nein! Sohn wird Mann und Mann läuft weg. Immer. Genau wie Vater. Vater ist Mann, und Mann läuft weg.«

Sie blickte mich streng an. »So ist es.«

Sohn wird Mann, und Mann läuft weg, Vater ist Mann, und Mann läuft weg. Sie übertrieb. Wahrscheinlich war es bei ihnen so gewesen. Tatsächlich sprach sie nie von ihrem Vater. Nun gut, ich sprach auch selten von meinem Vater. Über meinen gab es auch wenig zu erzählen. Von seiner Arbeit vielleicht, aber daran war Zanele nicht interessiert. All die Ärzte, das war für sie nicht spannend. Und was sollte ich ihr sonst erzählen? Dass er immer dachte, er hätte die Zügel in der Hand, aber in Wirklichkeit hatte er nichts zu sagen. An seinen Kindern war er nicht besonders interessiert. Nicht, dass ich ihm einen Vorwurf daraus machte. Schließlich war er ein Mann mit einem anstrengenden Beruf, er arbeitete oft bis spät in die Nacht und am Wochenende. Aber auch ohne seine Arbeit hätte er kein Interesse gezeigt. Ich weiß nicht genau, woraus ich das schloss. Vielleicht aus allem. Es hatte etwas mit seinem Mittelpunkt zu tun. Wir waren nie sein Mittelpunkt gewesen. Das war die Wissenschaft. Also auch meine Mutter nicht. Sie musste sich allein beschäftigen, was ihr, wie sich zeigte, recht gut gelungen ist. Er hatte keine Geduld, sich mit ihr oder uns zu befassen. Aber vielleicht war das ja wieder die Folge seiner anstrengenden Arbeit. Die wenigen Male, die er sich doch Zeit für uns nahm, war er fast ständig am Reden. Denn wofür sonst hatten wir zwei Ohren, aber nur einen Mund? Wenn ich an früher denke, denke ich nicht an ihn.

Abgesehen von dem jährlichen Ausflug ins Krankenhaus, an dem Tag, an dem ich wieder an der Reihe war. Auf diesem Foto sieht man, wie spannend ich das fand. Ich war »die Tochter von«. Genau deswegen nahm er uns auch mit; es ging nicht um uns, sondern um ihn. Aber er war ein guter Mensch, ein guter Mensch mit der kommunikationslosen Erziehung der Nachkriegszeit. Eine Erziehung, bei der das große Leid alles überschattete, aber nicht ausgesprochen werden durfte. Auch nicht berührt. Wahrscheinlich konnte er gar nichts dafür, dass seine Arbeit der Mittelpunkt war. Wenn man bei einer allein stehenden Mutter aufwächst und auch noch das einzige Kind ist, dann will man nichts anderes als Leistung bringen. Um eines Tages für sie sorgen zu können. Also hatte es eigentlich mit Oma Anne zu tun, dass Papa eher ein Einzelgänger war. Oma ihrerseits konnte auch nichts dafür. Manche Leute hätten keine Kinder bekommen sollen. Weil sie nicht mit Kindern zurechtkamen nach all den Gräueln, die sie erlebt hatten. Aber wozu sollten sie sonst überleben? Sie mussten doch etwas beweisen. Zeigen, dass sie sich nicht hatten unterkriegen lassen. Schau nur, sie haben sich sogar fortgepflanzt! Und dass diese Kinder, eines wie das andere, im Schlamassel steckten, weil ihre Eltern kaum mit ihnen sprachen? Das war eben Pech, das würde sich im Laufe der Generationen schon geben. Das ungefähr müssen sie gedacht haben.

Aber mich fragt niemand. Und mit Oma Anne habe ich nie darüber sprechen können. Weil man über manche Dinge nun einmal nicht spricht. So, wie er selbst erzogen wurde, hat mein Vater auch seine eigenen Kinder erzogen. Worin der Fortschritt liege, würde ich sie gern fragen. Dann würde sie sagen, dass das Schweigen meiner Eltern über das DES-Problem eine Sache für sich sei, dass es damit nichts zu tun habe. Ich müsste dann klarstellen, dass ich es so gar nicht gemeint hätte. Aber die Dinge konnten durchaus etwas miteinander zu tun haben. Ich sollte mich nicht allzu sehr damit beschäftigen, es führte ja doch zu nichts.

Zanele machte sich an den letzten Fotostapel. Ich bat sie, mich nicht weiter damit zu behelligen. Sie solle zusehen, dass sie allein zurechtkomme.

Als ich die Kantine betrat, platzte ich mitten in eine Rechenoperation. »Nehmen wir an, dass jeder Patient durchschnittlich zwei Personen pro Tag zu Besuch hat. Wir haben fünfzehnhundert Betten, jeder Besucher ein Laken, das rechne mal aus«, sagte Albert.

»Das läppert sich ganz schön zusammen«, meinte seine Assistentin, ohne das Ergebnis zu nennen.

Laken?

»Hallo, Joni.«

Ich fragte, was, um Himmels willen, er berechne.

»Heute Morgen war Vorstandskonferenz. Anscheinend

sind mehrere Millionen Rand nötig, um den Bettwäschevorrat wieder aufzufüllen, so viel wird gestohlen.«

Ich schob meinen Pony, der dringend wieder nachgeschnitten werden musste, ein wenig zur Seite. »Das ist ja reizend.«

Er nickte. »Sie verdächtigen nicht die Patienten, sondern die Besucher. Außer der Direktion, die behauptet, dass irgendeine kriminelle Vereinigung dahinterstecke, dass es organisiert sei oder so.«

»Interessant«, sagte ich, während ich mir ein Glas Cola einschenkte. Ich konnte mich nicht länger aufhalten, ich war nur kurz in die Kantine gegangen, weil ich Durst hatte. Und, ehrlich gesagt, weil mich das Mädchen verrückt machte, das gerade eingeliefert worden war und sich weigerte zu sprechen. Ich grüßte und ging.

Zurück im Behandlungsraum, legte ich dem sechzehnjährigen Xhosamädchen einen Aidstest nahe. Das war schließlich eine unserer Standarduntersuchungen bei Vergewaltigung, obgleich ein solcher Test nicht viel besagte – das Mädchen konnte schon länger Trägerin des Virus sein. Jedenfalls konnten wir auf diese Weise ein Kreuz an der entsprechenden Stelle in der Krankenakte machen. Ihretwegen sei das nicht nötig, sie wolle schnell wieder nach Hause.

Wenn genügend Personal da war, sorgten wir meistens dafür, dass die Patienten erst einmal richtig gewaschen wurden. Heute beschloss ich, es selbst zu tun, ich sah auf die Schnelle niemanden, der die Hände frei hatte. Während ich das Mädchen wusch, ging mir durch den Kopf, dass im Laufe der Jahre alles etwas gleichförmig geworden war. In neun von zehn Fällen brachte unser Krankenwagen solche oder ähnliche Patienten. Oft wurden Opfer aus den Townships eingeliefert, die sogar mehrere Vergewaltigungen hinter sich hatten, ohne je zuvor in einem Krankenhaus gelandet zu sein. Hierher kamen sie nur, wenn sie auch misshandelt worden waren.

Das Mädchen weigerte sich wieder zu sprechen, also schwieg ich auch. Vorsichtig säuberte ich ihre Wange, das Blut wollte nicht gerinnen. Ich dachte an die Fälle, die mich in der letzten Zeit wirklich interessiert hatten. An das vom Blitz getroffene Kind und auch an die beiden überraschend aufgetretenen Cholerafälle. Und der zu Tode geprügelte Junge. Das Mädchen sagte, sie gehe jetzt nach Hause. Ich wollte erst die Blutuntersuchung vornehmen. An ihrem Blick sah ich, dass sie beschlossen hatte, nichts weiter zu sagen. Ich fragte sie, warum sie, um Himmels willen, gleich wieder nach Hause wolle. Sie überlegte offenbar, ob sie mir antworten sollte. Nach langem Schweigen bekam ich die Antwort: Dieses Kind hatte ein Kind.

Abends erzählte ich Zanele von dem Lakengespenst, das unser Krankenhaus leer geräumt hatte. Sie begann fürchterlich zu lachen. Diskret tippte sie gegen meine Füße, die auf dem Mülleimer standen, sie musste Apfelschalen wegwerfen. Während meine Beine über dem Eimer schwebten, sagte ich, dass sie für mich kein Apfelmus zu kochen brauche, wir könnten welchen im Supermarkt kaufen. Es sei auch nicht nur für mich, es sei vor allem für Shanla, denn die sei noch im Wachstum.

Sie fragte, wie denn Leute mit Laken aus dem Krankenhaus spazieren könnten, ohne dass es auffalle.

»Ja, stimmt, das geht gar nicht, wir haben Pförtner, außerdem Bewachung. Deshalb denkt unser Direktor, dass es organisiert sei.«

Zanele dachte darüber nach. Nach kurzem Schweigen

drehte sie sich zu mir um und hob den Zeigefinger. »Besucher haben nichts davon, haben nicht Betten, um zu gebrauchen. Vielleicht stimmt, was Mann sagt, ist Organisation.«

»Und dann? Steckt irgendwo eine ganze Township voll gestohlener Laken?«

»Vielleicht.«

»Aber wenn die Leute keine Betten haben, was tun sie dann damit?«

»Geld, Mädchen. Geld.«

Aufgeweckt vom Morgengebet der Vögel, ging ich halb nackt nach unten. Es war Viertel nach sechs und schon recht warm. Ich hatte Lust auf Kaffee und schaltete den Wasserkocher ein. Ich hörte Zanele schon auf dem Plattenweg.

Nachdem sie die Küchentür geöffnet hatte und warme Luft mit sich hereinbrachte, drehte ich mich zu ihr um. Ich sah etwas wie Wut auf ihrem Gesicht.

»Alles in Ordnung?«

Sie werde verrückt von Mbufus Nägelkauen. So früh am Morgen fange er schon damit an. »Ekelhaft.«

Ob ich etwas dazu sagen könne.

Ich hatte wirklich keine Lust, mich einzumischen. Sie müsse schon selbst etwas dagegen tun. Oder ihn einfach in Ruhe lassen. Er sei doch inzwischen alt genug, oder? Gut, ob ich dann eben mit ihm sprechen könne? Ich nickte.

Ob ich eine Ahnung hätte, warum er das mache. Ich zuckte mit den Schultern. Ich konnte mir nicht vorstellen, dass er vor irgendetwas Angst hatte. Das passte nicht zu ihm. Er strahlte doch Kraft aus, als wäre ihm alles und jeder egal. Seit dem einen Mal, als er unter der Dusche stand und ich zufällig hereinkam, hatte ich immer wieder dieselben Fantasien. Ich sitzend, er stehend. Ich wollte wissen, woher das Begehren kam, warum ich es nicht schaffte, dieses Bild loszuwerden.

»Wirklich ekelhaft«, wiederholte Zanele. Nicht nur, dass seine Fingernägel kurz und scheußlich aussähen, das Kauen selbst finde sie ekelhaft. Damit hatte sie nicht Unrecht. Wenn er die Lippen so verbissen spannte, konnte er richtig furchterregend aussehen.

Sie bedeutete mir, kurz zu warten, sie wolle oben eine Hose für mich holen. Ich seufzte. Lass mich einfach halb nackt zu ihm gehen, mit schaukelnden Brüsten, gönn mir die eine Minute, in der ich nicht nachdenke, in der ich einfach meinem Körper folge.

In Jogginghose und manierlichem Shirt, in den Händen einen warmen Becher, lief ich über den Plattenweg zu ihrem Zimmer hinter der Küche. Ich klopfte an.

Shanla öffnete. Sie könne mir nicht sagen, wo ihr Bruder sei, er habe heute Morgen Streit mit der Mutter gehabt, danach sei er fortgegangen. »Aber noch nicht auf die Straße, zu früh für die Straße. Ich denke, zu Mädchen, geht oft zu Mädchen.« Es klang vorsichtig, als würde sie ein Geheimnis verraten.

Irritiert schaute ich zur Seite. Jetzt konnte ich nicht gleich wieder gehen. Welches Mädchen? Welches Mädchen wohnte hier in der Gegend?

Ob ich nicht hereinkommen wolle.

In ihrem Zimmer fiel mir wieder auf, wie hellhörig die Wände waren. Wir hörten Zanele in der Küche hantieren. Shanla, ein Shirt in der einen und einen Schlüpfer in der anderen Hand, war gerade dabei, ihre Kleider ordentlich zu stapeln. Es war ein ziemliches Durcheinander auf Zaneles

Bett. Sie fragte, ob ich wissen wolle, welches ihre Lieblingshose sei.

»Nun?«

Sie zog zwei Hosen unten aus dem Stapel, so dass er umfiel. Es waren ihre einzigen Hosen. Sie hielt ihre Jeans in die Höhe.

»Diese!«

Als ich hinschaute, fiel mein Blick auf das Waschbecken hinter ihr. Auf dem Rand standen verschiedene meiner Hautcremetuben. Ich wunderte mich, denn ich vermisste keine. Wie sie an die Hautcreme komme, fragte ich. Sie drehte den Kopf zum Waschbecken.

»Von dir. Ich darf von Mama die leeren haben, die du wegschmeißt.«

»Und was machst du damit?«

»Spielen! Madam spielen!«

Ich schluckte und beschloss, ihr demnächst eine volle Cremetube zu schenken. Dann würde ich ihr auch zeigen, wo und wie sie die Creme auftragen musste. Shanla war konzentriert bei der Sache, während mein Blick durch das kleine Zimmer schweifte. Mbufus Sachen, das Bett, auf dem er schlief.

Shanla hielt ihre Jeans noch immer in die Luft und wiederholte, dass sie die am liebsten trage.

»Nicht die baumwollene?«

»Nein, diese schöner.«

Aber auch wärmer. Ich könne mir vorstellen, dass sie deshalb die aus Baumwolle lieber trage. Sie müsse darüber nachdenken. Das Knarren der Zimmertür erschreckte mich. Mbufu?

Wieder dieser elende Wind! Ich ging zur Tür, ich würde später zurückkommen.

Shanla war erstaunt, sie hatte nicht erwartet, dass ich schon gehen würde. Um meine Aufmerksamkeit wieder auf sich zu lenken, fing sie voll Eifer an, ihre Sachen zu sortieren.

»Dies hab ich von dir!«, rief sie laut.

Ich war neugierig und drehte mich um. Als ich mein Neckholder-Top sah, musste ich sofort an Zanele denken. An ihren besorgten Blick, als sie in der Tür meines Arbeitszimmers stand. Sie hielt mein naturfarbenes Top in der einen Hand, mit der anderen klopfte sie an die offene Tür. Ich warf ihr einen fragenden Blick zu.

Zanele hielt das Top in die Höhe. »Zu heiß gewaschen«, sagte sie leiser als sonst.

Ich nickte, das konnte passieren. Erst als sie es auseinander faltete, begriff ich, dass es nicht einmal mehr als bauchfrei durchgehen konnte. Sie fühlte sich miserabel und erzählte von Happy, die einen neuen Pullover hatte kaufen müssen, als ihr das einmal passiert war.

»Das hier ist noch aus Holland, das würde wohl etwas schwierig werden.«

Sie lachte verlegen. Es werde nicht mehr vorkommen, versprach sie. Ich nickte und fragte, ob Shanla vielleicht etwas damit anfangen könne.

Inzwischen hatte Shanla es sich über den Kopf gezogen. Es saß schon besser als zu Anfang, sie war in der Zwischenzeit etwas kräftiger geworden. Während sie vor dem Spiegel stand, dachte ich an den Tag zurück, als ich es gekauft hatte.

Wouter hatte vorgeschlagen, es gleich in drei Farben zu nehmen, das Modell gefiel ihm. Ich fand es wunderbar, mit ihm zusammen Einkäufe zu machen. Er achtete darauf, ob Material, Modell und Farbe stimmten. An jenem Samstagnachmittag kauften wir meine besten Jeans. Eine Hüfthose, bei der man noch ein bisschen vom String sah, wenn ich mich bückte. Ich mochte sie. Die ausgestellten Hosenbeine machten die Hose elegant. Auch jetzt, da sie alt und abgewetzt war, trug ich sie noch sehr gern.

Am Ende eines solchen Samstagnachmittags, wenn wir uns mit unseren Plastiktüten auf die Couch fallen ließen, kamen wir zu dem Schluss, dass man uns als gute Konsumenten bezeichnen konnte. Und wenn wir nicht zu müde waren, tranken wir noch etwas und liebten uns.

Warum ich lachen müsse, fragte Shanla. Ich schrak auf.

»Entschuldige, was hast du gesagt?«

Sie gab einen Laut von sich wie ihre Mutter manchmal. Ob ich nicht fände, dass das Top ihr gut stehe?

»Ja, fantastisch.«

Sie drehte sich vor dem Spiegel halb zur Seite, damit sie sich von hinten sehen konnte. Genauso wie damals, als sie es gerade bekommen hatte. Danach trug sie das Neckholder-Top ununterbrochen eine Woche lang, obwohl ihr Oberkörper noch viel zu schmal war. Abends musste ihre Mutter es auswaschen, morgens zog sie es wieder an.

»Weißt du noch, wie du es gerade gekriegt hast?«

Shanla nickte in den Spiegel.

Albert rief an. Wegen des großen Streiks stehe er seit Stunden im Stau. Auch ich hatte furchtbar lange gebraucht, und die Hälfte des Personals war noch nicht da. Beruhigt, dass ich da war, machte er seinem Ärger über den soundsovielten Streik in diesem Jahr Luft. Nicht nur die Fahrer der Kleinbusse, die in diesem Land als öffentliche Verkehrsmittel dienten, sondern auch alle Bergleute hätten sich diesmal dem Streik angeschlossen.

»Sie stecken sich gegenseitig an. Das ist eine Seuche.«

Ich biss mir auf die Lippe und beschloss, nicht darauf einzugehen.

»Bei Sonnenaufgang werden sie wach, und bei Sonnenuntergang gehen sie schlafen. Und dazwischen?«

Ich ignorierte die Frage.

»Joni?«

»Ja, ich höre dich. Hier ist viel los, Albert.« So ein Schisshase bin ich also, dachte ich, ich traue mich nicht einmal, ihm zu sagen, er solle, bitte sehr, einen anderen Ton anschlagen.

»Dazwischen kein *fuck*. Kein *fuck*, Joni!«

Ganz offenbar wusste er nicht, wovon er redete, wusste nicht, was alles so zusammengefickt wurde in diesem Land. Ich ignorierte seine Bemerkung. Ob ich seinen Dienst übernehmen solle, damit er nach Hause umkehren könne, fragte ich. Umkehren sei unmöglich, er stecke völlig fest. Als wir aufgelegt hatten, überlegte ich, weshalb der Streik der Bergleute solche Verkehrsprobleme verursachte. Unterwegs war mir allerdings aufgefallen, dass viel mehr Leute herumliefen. Vielleicht war es so, dass die Bergleute einen Tag lang Fußgänger sein wollten, einen Tag lang Tageslicht haben wollten statt Dunkelheit. Jemand tippte mir auf die Schulter. Ich drehte mich abrupt um.

»Doc?« Wieder ein zahnloser Junge.

»Schlägerei?«

Zur Bestätigung senkte er den Kopf, und mit beiden Händen vor dem Mund begann er seine Erklärung. Er war so dumm gewesen, heute arbeiten zu wollen. Und das auch noch zu sagen.

Mit einer Handbewegung bedeutete ich ihm, mir zu folgen. Nicht, dass ich ihm seine Zähne hätte wieder einsetzen können, aber um den blutenden Mund wollte ich mich kümmern.

Während wir durch den Flur zu einem freien Zimmer gingen, hörte ich lautes Rumoren im Wartezimmer. Wütende und ärgerliche Ausrufe auf Zulu und Xhosa auf der ganzen Station. Übertriebenes Hüsteln, wenn ich vorbeikam. Als hätte ich nichts zu tun, verflixt noch mal.

Zum ersten Mal kam ich nach einem Arbeitstag so müde nach Hause, dass ich kaum aus dem Auto steigen konnte. Plötzlich stand Gibsan vor meinem Auto. Er öffnete die Wagentür. Ich lächelte ihm zu und sagte, ich sei völlig fertig. Ob es etwas mit dem Streik zu tun habe. »Auch«, antwortete ich, »dadurch habe ich furchtbar lange gebraucht.« Er berichtete, dass deshalb der Wachmann auch nicht aufgetaucht sei. Inzwischen war es stockdunkel. Jetzt, da er es sagte, wurde mir bewusst, dass ich den jungen Mann tatsächlich nicht am Eckhaus hatte sitzen sehen.

»Was macht es schon aus«, murmelte ich, während ich mich aus dem Auto hievte.

Warum ich nicht streikte, fragte Gibsan.

Diese Frage hatte mir noch niemand gestellt. Müde, wie ich war, sagte ich, es gebe ein Gesetz, wonach Leute, die unabkömmlich seien, nicht streiken dürften. Das sei auch nur gut, fügte ich hinzu, sonst säße ich ohne Pflegepersonal da. Gibsan nickte.

Nachdem ich mich durch die warme Luft gekämpft hatte, öffnete ich langsam die Haustür. Ich fragte, ob er noch mit hereinkommen wolle. Er schüttelte den Kopf: Heute hätten sie Streit gehabt. Mbufu hatte Shanlas Creme aus der Tube herausgedrückt, als sie sie gerade benutzen wollte. Es ging um die Tube mit Bodylotion, die sie von mir bekommen hatte; Mbufu fand, dass sie stank. Nach Weiß, erzählte Gibsan. Ich schüttelte den Kopf. Wie gemein, dieser Mbufu, eine Bodylotion, die nach Weiß stinkt!

Bei ihrem Streit war es darum gegangen, dass Gibsan fand, Zanele müsse strenger mit Mbufu sein, ihn härter anpacken. Der Junge gehe zu weit, meinte Gibsan. Mein schwerer Kopf nickte, aber ich schaffte es nicht mehr, näher darauf einzugehen. Er musste sich mit einem kurzen Gruß begnügen.

Drinnen warf ich meine Schlüssel auf den nackten Mann und meine Tasche auf den Boden. Wie eine alte Frau schleppte ich mich die Treppe hinauf, geradewegs in mein Schlafzimmer. Ich ließ mich aufs Bett fallen. Da lag ich, wieder einmal allein in meinem Doppelbett.

Vielleicht sollte ich schlafen, ohne den schmutzigen Tag von mir abzuwaschen, einfach schlafen, bis die afrikanische Sonne mich weckte. Aber auch meine Zähne mussten noch geputzt werden. Von einem ganzen Tag ohne Essen bekommt man einen schlechten Geschmack im Mund. Ich hatte keine Kraft mehr, hochzukommen. Was für ein Hundeleben, dachte ich. Ich stinke, und ich vergehe vor Hunger. Aber ich bin zu müde zum Essen. Weil ich wie ein Kuli schufte. Ich bin ein Sklave geworden. Ein weißer Sklave Afrikas.

Ihr Summen weckte mich. Ich konnte sie kaum sehen, es war viel zu dunkel. Weil ich nicht wusste, wie lange ich geschlafen hatte, fragte ich, wie spät es sei. »Nacht« war alles, was sie sagte. Dumm von mir, natürlich, in der Nacht konnte sie nicht wissen, wie spät es war. Ich fragte, warum sie hier sei. Sie zog etwas von ihrem Kopf und begann zu sprechen.

Swartie habe ihr Bescheid gesagt. Trotz ihres Streits heute sei er noch vorbeigekommen. Ich sei todmüde nach Hause gekommen, erzählte er, und hätte nicht einmal mehr gegessen. Er habe gesehen, dass in der Küche kein Licht mehr anging, obwohl Zanele dort Essen bereitgestellt hatte.

»Wie lieb von dir, dass du nach mir siehst.«

Sie machte sich Sorgen und wollte, dass ich noch etwas aß, auch wenn es nur ein Butterbrot war. »Dieser Streik, es war eine Katastrophe. Ich habe vier Stunden für den Rückweg gebraucht.«

Sie krchchte.

Eine zu rasche Drehung, um doch einen Blick auf den Wecker neben meinem Bett zu werfen, bewirkte einen stechenden Schmerz im Rücken. »Shit!« Ich griff hin.

»Bleib so, nicht zurückdrehen, Joni, ist nicht gut …«

Mit schmerzendem Rücken lag ich auf der Seite und blickte in das Schwarz ihrer Augen. Sie strich zart über die untere Rückenpartie.

»Schön, Zanele. Schön, dass du da bist.« Ich wollte sie bitten, sich neben mich zu legen, einen Augenblick neben mir liegen zu bleiben.

»Das Bett ist zu groß für mich allein«, sagte ich leise. Auch Zanele begann zu flüstern. Dass ich das selber ändern müsse. Seufzend schloss ich die Augen. Ich konnte es nicht, nicht selber. Zanele fing wieder an zu summen, sehr leise. Ich spürte ihre Hand an meiner Wange. Ich hielt meine dagegen, und während sie leise weitersummte, führte ich ihre Finger über meine Lippen. Zwei Finger begannen vorsichtig, Kreise zu beschreiben, während mein Mund sich langsam öffnete.

III

Erst als ich Zanele mit dem großen Korb auf dem Kopf sah, wurde mir bewusst, dass es schon seit ein paar Tagen ununterbrochen regnete. »Tiefer Sommer« nannte sie die Zeit mit dem endlosen Regen, wenn der Schmetterlingsmonat vorbei war. Der Korb mit sauberer nasser Wäsche stand sicher auf ihrem Kopf. Sie sagte, Swartie werde sie hinbringen, er müsse doch ins Dorf, also könne er sie beim Trockensalon absetzen. Er hatte sogar versprochen, sie hinterher wieder mitzunehmen. Mir gefiel das nicht, Gibsan fuhr ohne Führerschein in dem klapprigen Auto eines Freundes.

»Soll ich dich nicht hinbringen, nachher auf dem Weg zum Krankenhaus?«

»Wie komme ich dann zurück? Muss ich doch auf Swartie warten, eh?«

Sie hatte Recht, daran hatte ich nicht gedacht.

Es war schon seit langem verabredet, dass sie nie zu Fuß an der Straße entlang durch den Regen gehen sollte, wie so viele Frauen es taten. Wenn es regnete, wollte ich sie immer hinbringen und abholen. Und wenn es nicht mit meinen Diensten zu vereinbaren war, sollte sie warten oder den Bus nehmen. Als öffentliche Verkehrsmittel dienten Kleinbusse. Vorn auf der Scheibe klebte ein Zettel, auf dem das Fahrziel angegeben war. Der große Zettel nahm dem Fahrer zwar teilweise die Sicht, war aber leichter auf dieser als auf der linken Seite der Scheibe anzubringen. Zanele hielt Busfahren für Geldverschwendung, und außerdem müsse sie dann immer noch durch den Regen laufen, weil der Bus ein ganzes Stück von unserem Haus entfernt halte. Da musste ich ihr Recht geben. Zu Anfang dachte ich noch, dass wir auch zusammen im Trockensalon warten könnten. Bis ich es einmal getan hatte.

Schon von draußen sahen wir Dutzende von Frauen. Es war voll im Trockensalon.

Als ich ausstieg, um mit hineinzugehen, sah ich an ihrer Haltung, dass das keine gute Idee war. Sie meinte, ich solle besser im Auto bleiben, weil es drinnen so voll sei. Ich bestand darauf mitzugehen, damit sie nicht allein zu warten brauchte.

In der Schlange standen nur schwarze Frauen.

Ich war zum ersten Mal dort. Zanele fühlte sich nicht wohl in ihrer Haut.

Es begann schon nach wenigen Minuten.

Zwei Frauen, ganz vorn in der Schlange, riefen mir etwas zu. Auf Zulu. Ich verstand es nicht recht, damals beherrschte ich die Sprache noch kaum. Zanele wurde zusehends unruhiger. Ich fragte, warum wir nicht einfach weiterredeten. An jenem Nachmittag spürte ich zum ersten Mal, dass sie nicht zu mir gehören wollte. Hier, in diesem Augenblick, an diesem Ort wollte sie nicht zu mir gehören. Ich durfte ihr das nicht übel nehmen. Alle sahen uns an.

Eine dicke Frau rempelte mich an. »Maids only!«

Lautes Gelächter im Trockensalon.

In meinem unbeholfenen Zulu, vermischt mit Afrikaans, sagte ich, sie solle mich in Ruhe lassen. Noch ein Schubs. Ein kräftiger. Zanele zog mich weg. Ich solle lieber gehen.

»Du gehörst hier nicht hin«, flüsterte sie. Es war mein erster Sommer in diesem Land. Naiv, wie ich war, blieb ich dennoch stehen; ich war überzeugt, dass mir nichts passieren würde.

Zanele schüttelte den Kopf, ich versuchte, den tadelnden Blick zu ignorieren. Erst als eine große Frau, die direkt vor dem Trockner wartete, in meine Richtung spuckte, entschloss ich mich, den Trockensalon zu verlassen.

Ich rannte durch den Regen zu meinem Auto.

Sie wollte nicht zu mir gehören. Es ist genauso wie mit der Wäsche, dachte ich. Ich durfte es ihr nicht übel nehmen. Man darf Weißes nicht mit Farbigem vermischen. Ich war am falschen Ort.

Nachdem ich lange vor mich hin gestarrt hatte, sah ich plötzlich zwei Frauen herauskommen, die vor uns in der Schlange gestanden hatten. Also musste Zanele auch gleich fertig sein. Wie kommen die wohl nach Hause, überlegte ich, wie halten sie ihre Wäsche trocken? Sie zogen Müllsäcke hervor. Die Wäschekörbe wanderten in die Säcke. Die Säcke wurden zugebunden. Die Hände stützend an die Seiten der Körbe gelegt, liefen die Frauen durch den strömenden Regen. Aufrecht wie Kerzen, mit schweren Flammen auf dem Kopf, gingen sie die Autostraße entlang.

Zanele stellte den vollen Wäschekorb auf den Rücksitz und stieg vorne ein. Mühsam befestigte sie den Gurt. »Nicht mehr vermischen, Joni.«

Sie ließ sich zurücksinken und starrte aus dem Fenster.

Als die Sonne unterging, bog ich in unsere Straße ein. Ich nickte den Jungen zu, die schwatzend vor der Auffahrt des Eckhauses saßen. Ein kleiner Rest Tageslicht schwebte noch am Himmel, der aber schon verschwunden war, als ich parkte. Drinnen warf ich meine Tasche auf den Boden. Als die Schlüssel in die Schale fielen, bebte der Mann.

Sie war nicht in der Küche. Es war halb sieben.

»Zanele?«

Die Einzige, die reagierte, war Shanla. Sie kam barfuß angelaufen und sagte, ihre Mutter sei kurz weggegangen. Es war noch nie passiert, dass ich abends nach Hause kam und nur Shanla antraf.

»Ja, Mama holt Handschuhe für morgen.«

Eben erst hatte der Regen aufgehört, und schon wollte sie wieder im Garten arbeiten. Aber was für ein seltsamer Zeitpunkt, normalerweise holte sie sich die Handschuhe doch morgens. Sie machen es miteinander, dachte ich.

Ich setzte mich zu Shanla auf den Plattenweg. Es war warm wie immer, auch nach Sonnenuntergang. Von hier aus konnten wir sie sofort sehen, wenn sie nach Hause kam. Shanla hatte sich ein paar Maiskuchen und eine Banane geholt. Sie fragte, ob ich auch etwas wolle. Ich hatte Appetit. Sie machen es miteinander, dachte ich wieder.

Ich fragte, warum sie keine Schuhe trage. Shanla sah mich selbstbewusst an: »*Kaalvoet* gemütlicher.«

Sie kannte es nicht anders, ihre Mutter lief auch immer so herum. Aber ich ärgerte mich, schließlich hatte Zanele mir erzählt, was einem ihrer Cousins passiert war. »Du weißt doch, dass es sehr gefährlich sein kann, oder? Dass eklige Insekten herumlaufen, die dich beißen können?«

Sie schlug die Augen nieder, was »natürlich weiß ich das« bedeutete.

»Deine Mutter hat mir einmal von einem Cousin erzählt, der gebissen wurde, das weißt du doch.«

Sie nickte und setzte wieder diese Miene auf.

»Skorpione sind hier nicht, die leben am Kap.«

Das klang ziemlich überzeugt, dennoch bezweifelte ich, dass sie Recht hatte. »Ich habe die kleinen schwarzen Skorpione hier aber schon gesehen«, sagte ich, weil ich wissen wollte, wie sie reagierte.

»Ist möglich, aber nicht die giftigen. Mama sagt, giftige kommen nicht hierher.«

»Hm. Aber zwischen Sonnenuntergang und Mitternacht spazieren sie herum …«

Sie schien keine Angst zu haben. Ich beließ es dabei. Aber ich dachte an Zaneles Geschichte von dem Cousin, der tatsächlich am Kap gewohnt und einen Skorpionstich nicht überlebt hatte. Mit ausladenden Gebärden hatte Zanele erzählt, wie rot und geschwollen sein Fuß gewesen sei. Sie könne sich genau erinnern. Es schien, als schlügen rote Flammen heraus, hatte sie erzählt. Sie sprach auch von starken Schweißausbrüchen und Fieberanfällen. Ich sagte, dass er im Krankenhaus sicher überlebt hätte, was Zanele bezweifelte. Zanele war der Meinung, ich hätte absolut keine Ahnung, wie schnell das Gift wirke. Ich erinnerte mich daran, dass sie fragte, ob ich überhaupt schon mal jemanden mit einem solchen Stich hatte versorgen müssen. Aber das war noch nie vorgekommen. Bis heute nicht. Und dabei läuft etwa die Hälfte der Bevölkerung barfuß, überlegte ich. Vielleicht stimmte es, vielleicht gab es die giftige Art tatsächlich nur um Kapstadt herum. Aber weshalb sollte sie sich auf diese eine Region beschränken?

Um fünf vor halb acht kam Zanele angerannt. Das hatte ich noch nie erlebt.

Ob man die paar Meter zwischen den beiden Häusern nun ging oder rannte, machte keinen Unterschied. Ich versuchte, von ihrem Gesicht abzulesen, was passiert war. Wir hielten sie nicht auf, als sie an uns vorbei in ihr Zimmer lief. Shanla legte sich die Schale auf den Schoß und brach die Banane in zwei Teile. Ich bekam die eine Hälfte.

Nach ein paar Minuten erschien Zanele wieder. Sie entschuldigte sich wegen der Verspätung und machte sich schnell ans Kochen. Ob ich mich zu ihr setzen wolle? Das Schneidebrett und zwei Küchenmesser lagen schon bereit; sie warf sich die Schürze über den Kopf. Ich setzte mich auf die Anrichte und betrachtete ihren Körper, als sie eine Weile vor dem geöffneten Kühlschrank stand.

Ich konnte mir gut vorstellen, dass Gibsan sie wollte, dass Männer überhaupt sie wollten. Ihre Bewegungen strahlten Kraft aus. Ihr Gesicht war weich und anziehend. Jetzt sah ich ihr Gesicht nicht. Ich sah sie nur von hinten, das, was Männer lieben.

Meine Füße fanden den gewohnten Halt auf dem Mülleimer. Ich wagte nicht zu fragen. Mit afrikanischem Birnengemüse und ein paar Möhren in der Hand drehte sie sich wieder um. Beim Anblick des Birnengemüses zog ich die Augenbrauen hoch. Ich aß es gern. Dabei wusste ich nach der langen Zeit immer noch nicht, wie man diese Kreuzung zwischen Kürbis und Möhren in Form einer großen Birne auf Afrikaans nannte. Der Zuluname, den Zanele ihm gab, war lang und kompliziert, und ich vergaß ihn immer wieder.

Als hätte ihr Besuch bei Gibsan aus einem guten Gespräch über die Zukunft ihrer Kinder bestanden, erzählte sie, dass sie ihn wegen Shanla um Rat gefragt habe. Was er davon halte, wenn sie vielleicht doch zur Schule gehe. Ich blickte sie mit offenem Mund an. Warum besprach sie das nicht mit mir?

Gibsan hielt es für keine schlechte Idee. Da sie die Möhren schnitt, sah sie mein verwundertes Gesicht nicht.

»Und das besprichst du nicht mit mir?«

Sie blickte auf. »Natürlich, tu ich doch jetzt!«

Ich mochte gar nicht daran denken, dass Shanla aus dem Haus ging. Ich wusste, dass Zanele sie in eine Schule für Schwarze schicken würde, irgendwo weit weg von hier. Wir hatten nie darüber gesprochen, aber sie hatte schon einmal durchblicken lassen, dass Mbufu doch lieber zur Schule hätte gehen sollen. Sie kannte vom Hörensagen eine gute Schule nördlich von Pretoria. Es machte mich wütend, wenn ich daran dachte.

»Es wäre gut für sie«, sagte ich.

»Vielleicht. Aber dann muss sie bei Leuten wohnen, ich muss denken.«

Ich hoffte, sie würde es schnell wieder vergessen, niemals Leute finden, die Shanla zu sich nehmen würden, und nie wieder das Wort »Schule« in den Mund nehmen. Ich dachte an Internate, an Kinder, die ein Mal im Monat nach Hause durften. Weil es nicht anders ging, sie wohnten zu weit weg.

Eine plötzliche Wut erfasste mich. Ich wollte auf der Anrichte sitzen bleiben, ohne zu reden. Wenn es tatsächlich dazu käme, müsste ich damit leben. Bei diesem Gedanken hörte ich Wouters Stimme. Ich war wachgerüttelt, aus meinen Träumen gerissen und wieder zugenäht worden, und was sagte er dazu? Dass wir damit leben müssten. Ich müsse es akzeptieren. Ich konnte es nicht ertragen, wenn er so beherrscht und kalt das Wort »akzeptieren« in den Mund nahm. Ich hasste es. Ich wurde zornig und sagte, dass er mich lieber vergessen solle, vergessen, was wir gehabt hätten, und vergessen, dass er unsere Liebe mit einem Kind habe krönen wollen. Er könne wieder zurück, zurück zu seiner Familie, und auch da würden sie vergessen und einsehen, dass es schön war, Papa wieder zu Hause zu haben, ohne ihn teilen zu müssen und, oh, wie wunderbar, vereint zu sein wie früher. Nicht mehr an die vergangenen Jahre denken, wird seine Frau sich gesagt haben, wenn sie neben ihm im Bett lag und das schöner fand als das Alleinsein. Sie konnte ihn haben.

Zanele schien mit ihrer Kocherei nicht fertig zu werden. Als sie mir endlich einen vollen Teller reichte, sagte ich, dass ich keinen Appetit hätte.

»Uhh? Nein-nein-nein, du musst jetzt essen, normal essen. Den ganzen Tag nicht gegessen, jetzt normal essen.«

Ich wollte nicht. Mir war übel geworden von diesem Schulplan, ganz zu schweigen von den Erinnerungen an Wouters Bemerkung.

Sie stupste mich an, und ich begriff, dass ich von der Anrichte heruntersollte. Mit meinem Teller in der Hand zog sie mich ins Esszimmer. Sie stellte ihn auf das Set. Das Besteck lag schon dort. Ich sah ein volles Weinglas und eine Serviette. Sie fragte, ob ich vielleicht Cola wolle. Sie drückte mir eine Gabel in die Hand und ging zurück in die Küche, um noch ein einfaches Glas zu holen. Ich war ein Kind, und für ein Kind musste man sorgen.

Die Gabel legte ich wieder neben den Teller. Als Zanele zurückkam, sagte sie, dass ich anfangen solle zu essen, sonst würde es kalt. Mir war es gleich, und ich nahm ein paar Schlucke Wein. Es half nicht.

Zanele strich mir über den Rücken. »Süße Wurzeln, Mädchen, hab ich für dich süß gemacht.«

Sie wolle zu den Kindern, die müssten auch noch essen. Es sei schon verflixt spät.

»Du hättest eben nicht so lange bei Swartie bleiben sollen!«

»Krchch«, sagte sie und ging tänzelnd davon.

Erst als ich die äußere Küchentür zufallen hörte, nahm ich einen Bissen von der lauwarmen Mahlzeit. Für den Fall, dass sie mich irgendwann fragen würde, warum ich ihn verlassen hatte, musste ich eine gute Antwort parat haben. Wenn ich ihn nicht mehr geliebt hätte, wäre es einfach gewesen. Ich musste ihr also erklären, dass er mich plötzlich so angespannt, so verbittert fand. Er sollte nicht immer wieder sagen, dass wir lernen müssten, damit zu leben. Ich wollte weiterhin den Schmerz in meinem Bauch spüren. Und in meinem Kopf. Vielleicht sollte ich Zanele erzählen, dass ich seiner Meinung nach nicht streng genug mit mir war. Dass ich härter sein müsste. Er wollte mir dabei helfen, aber ich wollte nicht hart sein. Ich gestand es mir zu, Sehnsüchte zu haben. Sehnsucht nach dem Unmöglichen. Wie sollte ich ihr das deutlich machen? An dem Abend, als es mir bewusst wurde, traf ich die Entscheidung: Es war besser für mich, die Dinge selbst zu klären und fortan allein zu sein. Ich zog Hals über Kopf aus.

In Windeseile teilte ich meine Sachen auf – in das, was mitsollte, und das, was wegkonnte. Er redete auf mich ein. Er würde mir darüber hinweghelfen. Ich wollte über nichts hinweg. Ich wollte, dass er den Mund hielt. Ja, natürlich, shit, da saß er in einer neuen Wohnung, hatte seine Familie um meinetwillen verlassen, und ich türmte einfach. Nicht einfach, korrigierte ich ihn immer wieder. Er wollte es nicht begreifen. Er sagte, dass er mich so sehr liebe und dass ihm völlig egal sei, was alles passiert sei, dass sich für ihn nichts verändert habe. Aber genau das war das Problem: dass sich für ihn nichts verändert hatte.

Und dass es ihm egal war. Wie konnte ich mit jemandem zusammenleben, dem es egal war, dass ich unfruchtbar war, dass ich von den eigenen Eltern betrogen wurde? Was konnte ich noch mit Menschen anfangen, die behaupteten, mich zu lieben? Dreiundzwanzig Jahre lang die Wahrheit verschwiegen. Dieses Theater hatte ich satt. Darin war nicht die kleinste Rolle für mich vorgesehen. Es war, als würde meine Kündigung vom ihm abgelehnt. Und wieder berührte er mich. »Nimm die Finger weg!«

Weshalb ich körperlich auf einmal so auf Abstand ginge? Er solle mich in Ruhe lassen! Er solle sich besser nach einem Ersatz für die leere Stelle umsehen. Lass deinen Charme wieder spielen, im Krankenhaus oder an der Uni, schlug ich vor. »Da laufen genug junge Dinger herum. Schön und fruchtbar. Da kannst du doch gleich mal was anderes probieren. Wer immer Fleisch isst, mag auch mal ein Stück Fisch.«

Ich solle nicht so dumm daherreden. Lächerlich. Aber ich war nicht aufzuhalten und sagte, er solle sich nicht so anstellen, er sei ein gut aussehender Mann, und es gebe genug Mädchen, die auf seine strenge Ausstrahlung flögen. Zudem sei diese schöne Wohnung besser als jede Studentenbude, das würde garantiert Eindruck machen.

Ob ich mich mal einen Augenblick beruhigen könne? »Liebes«, sagte er noch.

Er sprach von meinem neuen Arbeitsplatz. Dass ich enttäuscht sein würde und dort Fälle bekäme, die ich nicht einmal ahnte. Ich sah ihn spöttisch an. Das brauchte er mir wirklich nicht zu erklären.

Er schaute sich um, und plötzlich trat er gegen den

Schrank. Ich erschrak, ich hatte nicht erwartet, dass er wütend werden würde. »Ich hab dir schon gesagt, wie du die Leere füllen kannst. Ich kann dir sogar Namen nennen, Namen von Kommilitoninnen, die stinksauer waren, eifersüchtig auf mich, weil ich es mit dir trieb.« Er trat dicht an mich heran. Ich solle ihn nicht provozieren.

Aber ich kannte ihn, er würde sich von niemandem provozieren lassen. »Schön, dass du erreichbar bist, dort in Afrika.« Er hatte sich wieder in der Hand. »Man muss schließlich immer erreichbar sein«, setzte er nach.

»Erreichbar muss man sein, wenn man Kinder hat, die zur Schule gehen. Hör bloß auf mit deinem Erreichbarsein!«

Er ignorierte es offenbar, dass ich Schluss gemacht hatte, dass ich nicht mehr mitspielte. Ich war keine Tochter mehr, weil ich Tochter sein sollte, und ich spielte nicht mehr die Freundin. Freundin, die zuerst Geliebte war, so stand es im Drehbuch. Aber darin stand auch, dass sie ein Kind bekommen würde. Schlechtes Drehbuch. Ändern. Neu schreiben. Freundin streichen. Ersetzen. Ich packte meine CDs zusammen. Er hielt mich zurück.

»Was hast du mir denn die ganze Zeit beigebracht? Dass ich damit leben muss, nicht wahr? Akzeptieren, oder? Lass mich doch einfach gehen, Mann, ich kapier nicht, was du noch von mir willst. Hier hast du eine Kopie von meinem Diplom. Für später. Jonis Examen. Du kannst es deinem Sohn zeigen, das ist wichtig, er muss wissen, dass er das auch irgendwann schaffen muss, damit lässt sich viel anfangen! Leben retten oder Leben kaputtmachen, das ist nicht unser Problem. Das ist das Problem der Opfer, und die sitzen auf der anderen Seite des Tisches. Meistens. Aber diesmal nicht. Diesmal sitzt das Opfer hier. Hau ab. Geh zurück zu deiner Frau, lass dich ficken, wie du das jahrelang getan hast. Geh zurück, sei der gute Familienvater, spiel Wochenende am Wochenende und Woche in der Woche. Ich soll nicht so schreien? Ich rede ganz normal mit dir! Das ist nun wirklich der Gipfel!«

Er folgte mir von Zimmer zu Zimmer, während ich meine Sachen zusammensuchte. Es machte mich verrückt und hielt mich auf, ich musste schließlich den Flieger erreichen.

Unvorstellbar, dass ich ihn zuerst immer um mich haben wollte und ihn jetzt nicht mehr ertrug. Ich dachte an Oma Anne, wie sie mir die Parabel erklärt hatte. Sie sagte, sie gelte für viel mehr Dinge als nur für die Mathematik. Sie hatte Recht. In Gedanken machte ich einen Punkt unter die Abwärtslinie. Da befanden wir uns jetzt.

Als ich zur Küche ging, verstellte er mir den Weg. »Ich will nur einen Schluck Wasser trinken. Verpiss dich, Wouter!«

Das lasse er sich nicht mehr gefallen. Der Ton, den ich anschlüge, sei inakzeptabel. Ich fragte, ob ich nun bestraft würde, ob er mich jetzt von hinten ficken wolle.

Er schlug mir ins Gesicht.

Die Härte in seinen Augen machte mir Angst, Angst, dass ich bei diesem Blick noch einmal weich werden könnte. Er packte meine Wangen. Und so, von ganz nahem, mit vorgerecktem Kinn und gespannten Lippen, sagte er, dass ich mich benehmen solle.

Ich schlich in den Flur, wo meine Mäntel im Schrank hingen. Als ich die Schranktür öffnete, spürte ich, wie meine Unterlippe zitterte. Wie gut hatten wir es doch gehabt.

Nur einer meiner beiden Mäntel passte noch in den Koffer. Den anderen ließ ich zurück.

Ich war bei Mike. Nicht, dass ich etwas in der Chirurgie zu suchen gehabt hätte. Es war ihm sichtlich unangenehm, dass ich vorbeischaute. Wir hatten uns eine Zeit lang nicht gesprochen. Gesehen schon, aber nicht gesprochen. Er fragte nach einem Patienten, den ich schon längst nicht mehr behandelte. Ich hatte keine Krankenakte in der Hand, so dass er sehen konnte, dass ich nicht kam, um über einen Patienten zu sprechen. Allerdings trug ich meinen Kittel. Ich fragte ihn, ob er Lust habe, einmal bei mir zu essen. Er nickte stumm. Ob es ihm heute Abend recht sei? Er nickte noch einmal. Sein Nicken schien mir nicht begeistert genug. Vielleicht hatten wir uns zu lange nicht gesehen. Ich beschloss, erst mal zu erkunden, ob sein Körper noch auf meinen reagierte.

Mit einem schalen Geschmack im Mund verließ ich eine Viertelstunde später sein Zimmer. Im Flur seiner Station bekam ich Brechreiz, den ich gerade noch unterdrücken konnte. Während ich auf den Fahrstuhl wartete, dachte ich an das Riesenkaugummi, das man früher auf dem Jahrmarkt bekam. Es war so groß oder mein Mund so klein, dass ich nicht damit fertig wurde. Scheußlich der Augenblick, in dem ich wusste, dass Runterschlucken die einzige Lösung war, und eklig noch dazu. Ich stieg in den Fahrstuhl und spürte noch immer seine beiden Hände, wie sie meinen Hinterkopf mit einer Kraft drückten, die ich nicht von ihm kannte.

Er sagte, er werde es schon finden, aber ich hatte ihm noch genauer erklären wollen, wie er fahren müsse. Dass nach den Sandwegen noch ein Stück gepflasterte Straße komme und dass dann an dieser langen Straße vier Häuser stünden und das letzte das richtige sei.

Auf unserer Station lief ein Junge mit blutigem Gesicht

und ein paar Zähnen in der Hand auf mich zu. Der weiße Kittel bedeutete wohl, dass ich mich mit allem auskannte. Sie machten mich verrückt, all diese Jungen mit lockeren Zähnen im Mund. Nach jeder Schlägerei tauchte einer auf, dessen Gebiss ruiniert war. Wir sind doch, verdammt noch mal, keine Zahnärzte! Ich sagte, dass er warten müsse. Er fragte, worauf. Ich wusste nicht, worauf. Jedenfalls nicht auf mich.

Nachdem ich mir in der Toilette den Mund gespült hatte, zupfte ich meinen Pony vor dem Spiegel zurecht und ging zu Albert, um zu fragen, was wir mit diesen Fällen, den zahnlosen Patienten, anfangen sollten. Auch Albert war ärgerlich. »Wieder einer?«

Ich nickte. Er wollte endlich einen Vermerk machen, damit das Thema ernsthaft diskutiert werden konnte. Eine wirkliche Lösung versprach er sich davon aber nicht. Die Jungen mussten eben für den Rest ihres Lebens mit halbem Gebiss herumlaufen. So hässlich das auch aussah, es gab nun mal keine bezahlbare Alternative.

Mein Piepser meldete sich. Ich erkannte Mikes Nummer und stellte sofort den Ton ab. Ich hatte keine Ahnung, was er noch wollte. Albert fragte, was los sei. Ich zuckte mit den Schultern. Er bot mir an, dass ich von seinem Zimmer aus telefonieren könne.

Ich hätte den gelben Gummiball vergessen, den ich für die Tochter meiner Maid habe mitnehmen wollen. Ob er ihn heute Abend mitbringen solle, fragte Mike.

»Oh, zu dumm! Ja, gern«, antwortete ich.

Albert war neugierig und wollte wissen, worum es ging. Ich erzählte, dass Mike mir etwas zum Spielen für die Tochter meiner Maid geben wolle. Er blickte mich erstaunt an.

»Sei nicht zu gut zu ihnen«, sagte Albert. Ich sei Ausländerin, ich könne es nicht wissen, aber wenn man zu gut zu ihnen sei, verderbe man sie.

Ja, so sei es, er als Afrikaander habe es oft genug erlebt. Gut gemeint, sagte er, aber es führe zu nichts. »Auf die Art machst du sie faul, und am Ende sind sie verwöhnt.«

»Ich schenke ihr nur einen Gummiball, Albert …«

Er habe mir das ohnehin sagen wollen, und nun passe es zufällig. Er habe schon früher aus meinen Bemerkungen geschlossen, dass ich eine gute Beziehung zu meiner Maid hätte. Er wolle mich darauf aufmerksam machen, dass Distanz nötig sei, ja sogar wichtig. »Sie sind es nicht anders gewohnt, du darfst sie nicht verwirren. Du bist eine Weiße, egal, woher du kommst.«

Ich atmete einmal tief durch und überlegte, dass es vernünftiger war, es einfach zu überhören. Und besser für ihn, wenn ich nicht darauf einging. Ich drehte mich um. Er sagte, ich solle noch einmal darüber nachdenken. Ich antwortete, dass ich ins Behandlungszimmer sechs ginge. Schon seit einer guten Stunde wartete dort ein Mann mit Glasscherben im Bein auf mich. Ein Unfall beim Einsetzen einer Scheibe. Ich ließ Alberts Tür zu laut zufallen. Du darfst sie nicht verderben. Diese Kakerlaken. Das zu sagen hatte er sich gerade eben nicht mehr getraut.

Eines allerdings war mir nur allzu klar geworden: Mein Vertrauen in ihn musste ich durch Argwohn ersetzen.

Unterwegs rief ich Zanele an. Wenn ich zu Hause anrief, sagte ich nie meinen Namen. Vor langer Zeit hatte meine Mutter einmal gefragt, mit wem sie spreche. So schlecht die Verbindung auch sein mochte, Zanele erkannte meine Stimme. Ich sagte ihr, wir würden heute Abend einen Gast haben. Sie kreischte vor Begeisterung, wie ich es von ihr kannte. Wenn ich wolle, könne ich regelmäßig Gäste haben. Allein der Gedanke! Ich fand es eigentlich schon zu intim, dass Mike kam. Nun gut, ich hatte schon mehr von mir preisgegeben. Irgendwann musste es wohl dazu kommen. Ich konnte doch nicht in sein Zimmer marschieren, um zu fragen, wann wir wieder vögeln würden.

Zanele bat mich, sie in Zukunft eher wissen zu lassen, dass Mike komme. Dann könne sie ein schöneres Essen vorbereiten. Danach wurden wir unterbrochen. Ich rief noch einmal an, um zu sagen, dass es einfach nur gut schmecken solle. So wie jeden Abend. Dass es gar nicht ums Essen ging, sagte ich nicht.

Shanla deckte den Tisch und Zanele werkelte eifrig. Ich musste lachen. Sie fragte, ob sie bleiben solle, um zu servieren, damit sie ihn kurz anschauen könne. Das fand ich überflüssig. Sie fragte, wie er aussehe.

»Viel Haar, große Augen, straffer Körper. Eigentlich gar nicht mein Typ.«

Ich sagte, hoffentlich würde er unser Haus finden. Ich hätte ihm den genauen Weg nicht erklärt.

»Keine Sorge«, sagte sie. Schließlich könne man mit dem Auto nur von einer Seite in die Straße hineinfahren, und vor dem ersten Haus an der Ecke sitze immer ein Guard. Der würde ihm sicher den Weg zeigen, davon sei sie überzeugt.

»Ach, der schläft doch die ganze Zeit!«

Das stimme, aber dann müsse man ihn eben aufwecken.

Ich lachte und fragte, was es für einen Sinn habe, einen Wächter einzustellen, der immer schlafe. Ich sah ihr an, dass sie ihn jetzt verteidigen würde. Sie erzählte, dass viele Jungen auch tagsüber einen Job hätten und dann ab Sonnenuntergang noch die ganze Nacht Wache halten müssten. Sie betonte, dass die nicht solche Mütter hätten wie Mbufu;

diese Jungen arbeiteten sehr hart. »Kann man nicht aushalten«, sagte sie verständnisvoll. Das ganze Bewachungssystem sei ihr ein Rätsel. Immer mehr Weiße beschäftigten Wachen. Ob mir das auch aufgefallen sei? Ich nickte.

Sie tippte sich mit dem Zeigefinger an die Schläfe. »Völlig verrückt! Als ob Schwarzer sein Leben wagt für Weiße!«

Ich schnappte mir vorab eine Olive. Ich wusste gar nicht, dass wir Oliven im Hause hatten.

Ich bekam einen Klaps. »Finger weg, Mädchen, für Maaik.«

Meine Augen wollten nicht zufallen. Immer wieder lasen sie die Zeit auf dem beleuchteten Wecker neben meinem Bett ab. Automatisch zählte ich die Stunden, die mir noch blieben. Es machte mich verrückt. Ich wollte nichts weiter als schlafen, aber meine Mutter war im Wege. Wie sie mir so oft im Wege gewesen war. Ich dachte daran, dass sie nie da war, dass sie mir immer das Gefühl vermittelte, nicht da zu sein. Wie hasste ich es, wenn ich aus der Schule kam und etwas erzählen wollte und schon im Voraus wusste, dass es ihr gleichgültig sein würde. Wieder drehte ich mich auf die Seite. Auf die andere Seite, so dass mein Blick nicht mehr auf den Wecker fiel. Sie war mit sich selbst beschäftigt, immer mit sich selbst. Und die Kinder waren nur im Wege. Genau wie ihr Mann. Nur gut, dass er ebenso wenig an ihr interessiert war. Ihn faszinierte nur das Krankenhaus. Wenn man das so vor sich sah, glaubte man an gar nichts mehr.

Aber ich glaubte noch daran. Dass ich es besser konnte. Oder jedenfalls anders. Ich wollte meinen Kindern zeigen, wie man miteinander umgeht. Dass Eltern sich füreinander entschieden haben, dass sie zusammenleben, weil sie das schön finden.

Ich stieß die Decke weg. Es war viel zu warm für Decken. Ich zog mir das dünne Laken über die Schulter und schaute noch einmal auf den Wecker. Schon bald wieder ins Krankenhaus. Ich bin genauso langweilig geworden wie mein Vater. In dreieinhalb Stunden wieder ins Krankenhaus, woher ich gerade gekommen bin. Das verdammte Krankenhaus, wo Schwarze sich von Weißen zusammennähen oder wegschicken lassen. In Ermangelung eines Besseren. Weil sie es selbst nicht können. Weil sie nie die Chance hatten. Endlich stehen Öko-Toiletten in den Townships, und Schwarze dürfen studieren. Aber sie wollen überhaupt nicht studieren. Irgendwann werden sie es einsehen, irgendwann werden sie einsehen, dass sie die Weißen zuerst rausballern müssen. Und sie werden entdecken, wie leicht das geht. Dass sie nur unsere Köpfe gegen die Mauern schmettern müssen, so dass das Blut nach allen Seiten spritzt. Das rote Blut unseres weißen Fleisches. Sie werden uns beiseite schaffen und sich ihr Land wieder zurückholen. Die Weißen mit ihren dreckigen Hunden, raus aus dem Land. Mit ihrem gelben Mais und dunklen Brot, rein in den Ozean.

Shanla klammerte sich auf eigenartige Weise an ihre Mutter, so dass die beiden sich nur sehr langsam vorwärts bewegten. Als sie zusammen in die Küche kamen, fragte ich, wieso Shanla so früh wach sei. Zanele erzählte, dass die Kleine schlecht geschlafen habe. Ich war also nicht die Einzige.

»Was war denn los?«

Shanla wollte nichts sagen. Sie habe schlecht geträumt, erzählte ihre Mutter. Ein früherer Freund von Mbufu sei wegen Mordes festgenommen worden. Er bekomme wahrscheinlich lebenslänglich. Shanla habe ihre Mutter und ihren Bruder darüber reden hören. Sie habe schreckliche Angst bekommen, nicht wegen des Mordes, sondern bei der Vorstellung, dass man sein Leben lang im Gefängnis sitzt. Sie habe nicht locker gelassen und immer wieder nachgefragt, aber Zanele habe versucht, das Gespräch abzukürzen. Shanla sollte schlafen. Und da träumte sie dann, dass Mbufu lebenslänglich bekam. Zusammen mit ihrer Mutter besuchte sie ihn zweimal pro Woche. »Bis dahin kein Problem«, sagte Zanele.

Aber der Traum ging noch weiter. Zanele wollte nicht, dass Mbufu schon so jung kein Leben mehr vor sich hatte, also nahm sie seine Strafe auf sich, so dass Mbufu wieder freigelassen werden konnte.

Ich sah, wie Shanla die Hand ihrer Mutter noch stärker drückte. Ich strich Shanla über die Wange und schaute dann Zanele an. »Darauf kannst du stolz sein.«

Shanla hielt sich an ihrer Mutter auf eine Art fest, wie ich es auch von mir kannte. Ich spürte sofort wieder die Anspannung in meiner Hand. Ich sagte Zanele, dass ich mich beeilen müsse, es sei schon ziemlich spät. Auf dem Weg nach oben spürte ich immer noch die Anspannung wie als Kind. Vor allem wenn wir unter Leuten waren, durfte diese Hand nicht loslassen. Mama fand es lästig, aber sie ertrug es. Dass dieses Kind sie jemals so loslassen würde, hätte sie sich damals nicht vorstellen können. Sie hätte ehrlich zu mir sein müssen, mich nicht zum Narren halten dürfen.

Sie zeigte auch jetzt kein Interesse an mir, daran merkte ich, dass sie sich wieder für sich selbst entschieden hatte. Sie wollte das Gesicht nicht verlieren, sie hatte ihren Stolz. Ich hatte mich unmöglich verhalten, sollte ich also zusehen, wie ich zurechtkam. Aber ich bin doch dein Kind. Daran ändert sich doch nichts. Warum hast du es nicht noch einmal versucht?

Ich würde nicht auflegen, wenn sie anriefe. Ich würde mich heimlich freuen. Ich würde ihr zuhören, wenn sie mir erzählte, wie sie über die Sache dachte. Wenn sie mir das endlich erzählte.

Ich wollte ihr gegenübersitzen. Es ging nicht um Schuld, das hatte ich begriffen. Es ging um das Verschweigen. Nachdem ich erfahren hatte, was los war, hätte sie mit mir reden müssen.

Oder wir müssten nebeneinander sitzen, so dass sie mich trösten kann. Oder ich sie. So dass ich ihr sagen kann, dass es nun gut sei und ich gelernt hätte, damit zu leben. Dass ich ihr nicht mehr böse sei. Aber dann mache ich dasselbe, das ist nicht gut, ich muss ehrlich zu ihr sein. Sie habe es nicht so gemeint, sie habe mich niemals verletzen wollen. Ob ich ihr glauben könne, ob ich nach allem, was passiert sei, glauben könne, dass sie nichts lieber wolle, als dass ich ein schönes Leben führe? Ich nicke und bin traurig. So lange ist sie nicht bei mir gewesen, hat nicht mit mir gesprochen. Ich lege meine Arme um sie. Meine Mama. Warum sie so stolz war, will ich fragen, so lange stolz geblieben ist? Sie weiß es auch nicht. Ich lächle vorsichtig. Sie fragt, warum ich kein Kind adoptieren wolle, und ich sage, dass ich allein sei. Eine Frau allein solle kein Kind versorgen, es sei denn, dass es ihr Schicksal sei. Sie nickt verständnisvoll und erzählt von Miri, die schon einen Sohn hat. Genau wie ich zuerst einen Sohn, sagt sie. Und in mir steigt Eifersucht auf, aber ich kann sie verdrängen und frage, wie er heißt. Aaron, sagt sie. Ich lächle und denke an einen Sohn, wie oft habe ich mich danach gesehnt. Ein Kind, das ist alles, was ich will, alles, was ich denke, will ich ihr sagen. Aber ich frage, wie es Miri gehe und mit wem sie eigentlich zusammen sei, und Mama streichelt mir zart über die Wange. Ich sehne mich so danach, Mama. Mein Schmerz ist manchmal so groß, größer als ich selbst. Oder macht mich das Unmögliche so klein?

Wir bräuchten nicht darüber zu reden, wenn ich nicht wolle, sie verstehe, dass es mir nicht gut tue, dass es mir schwer falle. Sie kennt mich, und diesmal spricht sie es auch aus.

Sie fragt nach Wouter. Warum ich die Beziehung beendet hätte, und ich kann es nicht einmal erklären. Sie fragt, warum ich nicht zu ihm zurückginge. Wir reden, wir sehen uns an, alles ist hell und klar. Kein Geheimnis, keine Verwirrung. Es ist wie mit Zanele, sie ist ganz nah, und ich bin ich selbst.

Ich bin nicht wütend und will nicht weglaufen.

Ich habe zwar Kummer. Aber den darf sie sehen.

Ob ich vielleicht einen »Gartenarbeiter« kenne, der einigermaßen tauge, fragte Albert vor der Dienstübergabe. Es war gegen sechs Uhr morgens, und ich sah sofort Gibsan mit seinen zerschlissenen Gartenhandschuhen vor mir.

Der Mann, der übrigens schon über sieben Jahre bei Albert arbeitete, war verunglückt, als er bei Bekannten den Rasen mähte. Ja, Albert fand es auch schlimm, er hasste ungepflegte Gärten. Bei den Bekannten sei zur gleichen Zeit am Dach gearbeitet worden, es müsse ein Stein herabgefallen sein, Albert wusste es auch nicht genau. Seine Lippen zogen sich zu diesem Strich zusammen, wie er hier bei solchen Vorfällen üblich war. Der Strich, der »Kann man nichts machen« bedeutete. Nun, dann kommt einfach ein neuer Gärtner. Es gibt Millionen in diesem Land, nur wissen die das selbst noch nicht. Doch da Albert nicht irgendwen einstellen konnte, wollte er von mir wissen, ob ich jemanden kenne. Ich sagte, dass ich Gibsan bei Gelegenheit fragen wolle, was ich allerdings nicht vorhatte.

Er schenkte Kaffee in seinen Becher und fragte, wie die Nacht gewesen sei. Als Arzt war er professionell und erfahren, das musste ich zugeben. Er war sogar immer freundlich zu den Patienten. Ich übergab ihm drei Krankenakten, es war eine ruhige Nacht gewesen. Er kritzelte die Nummer unserer Schicht auf die Mappe. Das hatte ich offensichtlich vergessen. Auch das sprach für ihn, dass er mich nicht darauf hinwies, sondern es einfach selber tat. Er stellte seinen Becher hin und blätterte die Akten aufmerksam durch. Was machte ihn eigentlich so unangenehm? Ich grüßte und verließ die Kantine. Wir würden uns erst morgen wieder sehen, es lagen zwei Dienste dazwischen.

Gibsan und Zanele saßen mit dem Rücken an die Wand gelehnt auf dem Plattenweg. Beine ausgestreckt, Füße gekreuzt, beide auf die gleiche Art. Ich sah es nicht genau, aber es schien mir, dass sie sich aneinander lehnten. Sie lächelten mir zu und winkten eifrig.

Das taten sie öfter, morgens noch beisammensitzen. Meistens dann, wenn Gibsan nicht bei unseren Nachbarn geschlafen hatte, sondern in seiner Township. Dann hatte er morgens schon ein ordentliches Stück Weg hinter sich und kam gleich her, um eine Schale warmen Maisbrei zu essen. Sie ließen das Eisentor geschlossen, zum Zeichen, dass sie für sich sein wollten. Es war ein deutliches Signal für Happy oder andere, die schon so früh am Tag vorbeikamen. Rechts von Zanele hing ihre Wäsche auf der Leine. Ihre Feinwäsche hängte sie am liebsten draußen auf. Gibsan hatte schon vor ein paar Jahren eine Leine an der richtigen Stelle gespannt. Niemand störte sich daran. Ich winkte zurück und ging zur Haustür. Drinnen spürte ich, wie mir die Augenlider schwer wurden. Zeit für eine lange Dusche.

Als ich mich abtrocknete, hörte ich Zanele und Shanla im Flur miteinander reden. Den Geräuschen nach zu urteilen waren sie beim Saubermachen, es wurde geschrubbt, und Shanla musste etwas festhalten. Musste die Kleine wirklich helfen? Ich zog mich schnell an. Mit nassen Haaren ging ich auf den Flur. Tatsächlich trug Shanla den Eimer mit Seifenlauge hinter der Mutter her, die sich den Boden heute gründlich vornehmen wollte. Zanele verrieb unsichtbare Flecken mit einem Tuch, einem alten Shirt. »Zanele?«

Sie drehte sich um, blickte mich ärgerlich an, ich solle sie nicht unnötig stören. Ich fände es nicht richtig, dass die Kleine den schweren Eimer trage, sagte ich. Ihr Ärger wuchs. Ich solle mich nicht einmischen. Daran sei nichts verkehrt. Sie selbst hätte auch immer gearbeitet, »bisschen helfen« schade nicht.

In Shanlas Gegenwart war es nicht sinnvoll, näher darauf einzugehen.

Wenn einer jeden Tag Nasenbluten hat und mich überzeugen will, dass das ganz normal sei, weil jeder in seiner Umgebung jeden Tag Nasenbluten habe, ist er ziemlich gewitzt. Er nahm das Papiertaschentuch, das ich ihm reichte. Wäre er nicht ein so muskulöser großer Bergarbeiter gewesen, hätte ich ihm einen Stoß gegeben, um zu zeigen, dass ich seine Geschichte nicht glaubte. Er kam nicht wegen des Nasenblutens. Er suchte Arbeit. Elf Jahre in den Minen hatten ihn fertig gemacht, er wollte etwas anderes. Er hatte zwar keine Ausbildung, aber hier bei der Ersten

Hilfe konnte man doch mal reinschauen und es versuchen. Er sei sehr kräftig. Ja, das hatte ich auch gesehen. Vielleicht könne er Patienten tragen? An so was habe er gedacht. »Und wohin?«, fragte ich.

Er lächelte, das Taschentuch an die Nase gedrückt. Das könne ich ihm dann sagen. Vom Krankenwagen zum Eingang oder vom Eingang in die Zimmer. »Wir haben«, sagte ich, noch immer fasziniert von seinem Nasenbluten, »Betten auf Rädern.« Plötzlich, wie aus dem Nichts, hatte das Nasenbluten angefangen. Wer denn noch darunter leide, fragte ich. In gutem Englisch erklärte er mir, in welcher Township er wohne und dass alle – Männer, Frauen und Kinder – dort täglich Nasenbluten hätten. Also nicht nur seine Freunde, die in der Mine arbeiteten. Seine Township liege in unmittelbarer Nähe der Goldmine, da müsse es doch einen Zusammenhang geben, oder? Möglicherweise kämen schädliche Stoffe aus der Mine, so dass selbst Frauen und Kinder in der Township täglich Nasenbluten bekämen. Ich sagte, das sei nicht normal, ein Mensch bekomme durchschnittlich vielleicht einmal im Jahr Nasenbluten. Stirnrunzelnd blickte er mich an. Ich spürte nur allzu deutlich, wie wenig ihn eine kleine weiße Frau im Arztkittel beeindruckte.

»Doc«, sagte er, und sein Blick wurde herausfordernd. Wenn ich ihn hier arbeiten ließe und er dann kein Nasenbluten mehr bekäme, dann hätte ich Recht.

Ich lachte über das, was mir ein cleverer Vorschlag schien, und ich konnte es nicht lassen, ihm dabei doch einen Puff zu versetzen. Seine Nase war inzwischen sauber, und er warf das Taschentuch weg.

»Da gibt es nichts zu beweisen, Sir«, sagte ich – er hatte mir seinen Namen zwar genannt, aber der war zu kompliziert, als dass ich ihn mir hätte merken können. »Die Arbeit in der Goldmine kann beispielsweise durch das Einatmen des Staubs die Adern in der Nase geschädigt haben, so dass es nach einiger Zeit nichts mehr ausmacht, wo man wohnt oder arbeitet, man leidet weiter darunter.«

Spöttisch bewegte er den Kopf ein paarmal hin und her und wiederholte meine Worte mit gekünstelter Stimme. Ich musste lachen. Dieser Bursche war mir gewachsen. Leider brauchten wir niemanden, nicht beim Krankentransport, nicht im Haus. Albert suchte zwar einen Gärtner, aber das wollte ich keinem antun. Ich sagte, ich würde darüber nachdenken. Er rührte sich nicht vom Fleck, als wäre jetzt der richtige Augenblick zum Nachdenken. Mich machte der Gedanke an das volle Wartezimmer nervös. Er solle sich draußen auf einen Stuhl setzen und warten. Er nickte und sagte, er gehe erst weg, wenn wir ausführlich darüber gesprochen hätten. Der Goldsucher hatte mich reingelegt. Er machte sein Problem zu unserem Problem. Aber ich hatte natürlich selbst dazu beigetragen. Nicht, wie Albert mir vorwarf, aus einem Post-Apartheid-Ideal heraus. Schlichtweg, weil ich mich zu ihm hingezogen fühlte.

Zanele füllte gemächlich die Wäschetrommel.

Warum sie Shanla neulich habe helfen lassen, fragte ich.

»Mit Fußboden?«

Ich nickte.

Daran sei nichts verkehrt, sagte sie wieder, sie selber habe das früher auch oft getan. Sie konzentrierte sich auf die Wäsche. Weil das Geld knapp sei, müssten Kinder eben arbeiten. Ein bisschen helfen, wie sie das lieber nannte. Sie selbst hatte Schmiere gestanden, jahrelang. Zusammen mit anderen Kindern beobachtet, ob die Polizei kam. Ihre Mütter hätten derweil auf dem Platz hinter ihren Wohnungen Bier gebraut. Zanele strahlte, als sie erzählte, wie das Brauen vor sich ging. Sie hatte es noch genau in Erinnerung. Aber ich solle nicht denken, dass es eine Kleinigkeit sei, Schmiere zu stehen. Sie legte die Wäsche auf den Boden und lief zur Tür. Sie ging in die Hocke. Mit dem Gewicht auf dem rechten Bein, saß sie am Küchenausgang. Ich ließ mich von der Anrichte herabgleiten und ging zu ihr. Sie tat, als müsste sie sich genau auf das konzentrieren, was passierte. Mit geneigtem Kopf blickte sie nach draußen. Als wüsste ich nicht, was Schmiere stehen bedeutete, begann sie zu erklären, dass alle vollkommen still sein mussten. Jedes Auto, das herankam, konnte eine Gefahr bedeuten. Beim geringsten Verdacht rannten sie zu dem Platz, wo ihre Mütter waren. Zanele sprang auf, wie Balljungen es tun, nur langsamer. Die Mütter hinter den Wohnungen konnten in kürzester Zeit ihre ganze Brauerei verschwinden lassen, unglaublich schnell. Jetzt, da sie darüber nachdenke, sei sie noch immer beeindruckt. »Echt schnell«, wiederholte sie.

Ob denn manchmal die Polizei gekommen sei, fragte ich.

Sie nickte. Meistens hätten die Frauen so dagesessen, dass nichts zu sehen war. Aber einmal habe die Polizei Ärger gemacht. Zanele setzte eine ernste Miene auf. Obwohl nichts zu sehen war, hätten die Frauen bezahlen müssen, auf ihre Weise. Sie senkte die Augenlider.

Sie warf die restliche Wäsche, die noch auf dem Boden lag, in die Waschmaschine. Ich stemmte die Hände auf die Anrichte, um mich wieder hinaufzuziehen.

Wenn ich doch auch einmal Schmiere stehen dürfte.

Ich zog den Mülleimer etwas näher zu mir heran. Wenn sie mich doch in alles, was sie tat, einbeziehen würde. In alles, was sie tat und was verboten war. Ich streckte die Beine aus. Dann würden wir uns vielleicht besser kennen lernen. Meine Füße hingen über dem Mülleimer. Sie hielt alles verborgen. Geheimnisvoll, hinterhältig. Ich zog das rechte Bein an und trat mit voller Wucht auf den Mülleimer.

»He!«, rief Zanele.

Ich war selber erschrocken.

Wenn ich den Atem anhielt, konnte ich es noch besser hören. Sofort klang es ganz nahe. Als säße etwas unter meinem Bett. Oder etwas mehr nach rechts, zum Fenster hin. Ich wollte lieber nicht wissen, was dieses Knistern bedeuten konnte. Sollte ich meine Nachttischlampe anmachen oder nicht? Ich atmete noch einmal tief ein. Ratten? Die hatten hier oben nichts zu suchen. Wenn ich die Augen schloss, hörte ich es noch besser. Regungslos saß ich auf meinem Bett. Ausatmen? Wie hasste ich das. All die Geräusche. Die Gedanken.

Zanele musste immer darüber lachen. »Geräusche des Landes«, sagte sie. Überbleibsel des gewaltigen Knalls, der mit der Schöpfung einhergegangen war. »Wasser, bumm, bumm«, sagte sie und warf den Kopf hin und her, »und wieder trocken.« Dann hielt sie den Zeigefinger hoch. »Nicht nur zweiter Tag, jetzt noch.«

Es kam öfter vor, dass sie sich auf die Schöpfungsgeschichte der Zulu bezog. Um sie nicht zu enttäuschen, erzählte ich nicht, dass wir eine ähnliche Geschichte kannten. Wenn der Wind nachts an meinem Fenster rüttelte, wusste ich, dass sie Recht hatte. Manche Geräusche gehörten nun einmal zu Afrika. Wie der stöhnende Nachtwind und der Sturzregen. Aber das Knistern nicht.

Ich machte Licht an. Sofort war es still. Nichts zu sehen. Ich machte das Licht wieder aus. Kurz darauf fing es wieder an. Es klang wie ein kratzender Nagel auf einem Holztisch. Aber es gab keinen Holztisch. Und keinen Nagel. Nachdem ich mindestens siebenmal das Licht an- und ausgeschaltet hatte, rannte ich nach unten, um zu Zanele zu laufen. Ich musste mir nur noch schnell eine Jogginghose greifen und Schuhe oder Socken. Fledermäuse? Die kommen unter der Tür durch. Sie sind nachts aktiv, weil sie das Tageslicht scheuen.

Ich musste die Küchentür aufschließen, aber in meiner Panik fand ich den Schlüssel nicht sofort. Endlich hastete ich über den stockdunklen Plattenweg. Ich stolperte, verlor das Gleichgewicht und fiel beinahe hin. Viel hätte nicht gefehlt. Wie kam das? Es lag doch nichts im Weg? Was mich hatte stolpern lassen, bewegte sich, ohne zu verschwinden. Das war kein Tier. Mir stockte der Atem. Es war ein Fuß. Ein Menschenfuß.

Irgendwer saß gegen die Wand gelehnt am Boden. Ich zwang mich hinzuschauen. Da war sie also, meine letzte Minute. Ich sah das Weiß der Augen, sonst nichts. Der Körper bewegte sich nicht, geschweige denn, dass er sprach. Mein Zittern und Beben waren vielleicht die letzten Zuckungen. Dennoch schien er mich nicht ängstigen zu wollen.

Wer war das?

Wenn es Gibsan war, der auf Zanele wartete – warum auch nicht, ich hatte ja keine Ahnung, was sie nachts veranstalteten –, würde er mich ansprechen. Nein, Gibsan saß hier nicht. Lieber nicht ausatmen. Mir wurde schwindlig.

Plötzlich hörte ich wieder das Knistern, wie in meinem Zimmer. Nun begriff ich, dass es von einem Menschen kam. Wäre es doch nur ein Tier gewesen, ein kleines Tier in meinem Zimmer. Ich musste zurück, musste den Weg finden und durfte dies hier nicht im Gedächtnis behalten, ich würde es vergessen, wir würden es beide vergessen, dieser stille Nachtmensch und ich.

Zum Vergessen war keine Zeit mehr. Das Weiß der Augen hatte sich erhoben und kam näher. Eine Hand griff nach meiner. Laut schreien, dachte ich. Aber ich schrie nicht. Weinen! Ganz laut weinen! Auch das gelang nicht.

»What the hell you here in middle night?«

Ich kannte die Stimme, die zu dem Weiß der Augen gehörte, sogar den Körper. Mein Atem löste sich.

Dass ich diese Frage besser ihm stellen müsse, sagte ich mit einem Zittern in der Stimme, als hätte alle Angst meines Lebens sich geballt und wäre in einer einzigen Frage herausgekommen.

Wieder dieses Knistern.

»Was ist das, verdammt noch mal?«

»Cigarettes.«

Beruhigt legte ich den Kopf in den Nacken. Das Knistern von Zigarettenpapier.

Ob ich eine wolle, fragte er, während er sich wieder hinsetzte.

Ich schüttelte den Kopf.

Ob ich mich dann neben ihn setzen wolle?

Bevor ich darüber nachdenken konnte, hatte mein Körper sich schon fallen lassen. Mit dem Po auf dem Boden und dem Rücken an der Wand winkelte ich meine Beine an, so wie Mbufu. Auch ich könnte jetzt versehentlich jemanden zum Stolpern bringen. Vor allem jemanden, der rennt. Wenn er nur nicht fragt, was ich vorgehabt habe, dachte ich. Eine Fledermaus in meinem Zimmer, was für eine Blamage! Er würde mich für ein dummes Ding halten. Ein weißes dummes Ding.

Ich fragte ihn, was er mit all den gedrehten Zigaretten vorhabe. Ob er sie alle aufrauchen wolle.

Offensichtlich kapierte ich gar nichts, antwortete er, sein Kopf sei zwar voller Staub, aber das sei seit kurzem sein Handel. Sein eigener kleiner Handel.

Ob er mir vertrauen könne, ob das unter uns bleibe?

Ich nickte. »Nachtmenschen erinnern sich bei Tageslicht an nichts mehr.«

Er wandte mir den Kopf zu, fast berührten wir uns.

»Du weißt schon, die Menschen, die tagsüber aus Staub bestehen.«

Er lachte, so dass man seine weißen Zähne sah.

Seit Wochen wollte sie von mir hören, wie das Essen verlaufen sei, und jedes Mal sagte ich, dass sie wunderbar gekocht habe. Das ärgerte sie. Sie wollte wissen, was zwischen uns lief.

»Er will sich öfter mit mir verabreden, aber ich bin nicht scharf darauf.«

Mike kannte mich nicht, und dabei wollte ich es belassen. Er hatte nicht einmal meine Narbe gesehen. Das kam natürlich, weil ich mich so sorgfältig rasierte, meine Schamhaare hatten sich in den vergangenen Jahren als nützlich erwiesen. Dennoch musste ich mir eine Geschichte ausdenken, sollte es irgendwann einmal zur Sprache kommen. Ein Kaiserschnitt sah genauso aus, aber das wäre eine schlechte Erklärung. Von dem Abend ist mir vor allem im Gedächtnis geblieben, dass er sich wieder nicht schützen wollte und wieder fragte, ob Gefahr bestehe. Ob ich die Pille nähme. Ich hatte keine Lust auf dieses Thema und nickte. Mit ein paar Stößen wurde ich gefüllt.

Um doch noch zu bekommen, wonach ich mich sehnte, musste ich ihn bitten, die Nacht über zu bleiben.

Kurz nach Mitternacht vergrub er den Kopf zwischen meinen Beinen. Er schob sie weit auseinander. Mit aller Kraft versuchte ich sie zurückzudrücken, sein Gesicht damit zu umschließen. Ich lag halb auf der Seite. Dadurch konnte ich sehen, wie er auf den Knien hockte, den Po weit nach hinten gestreckt. Speichel und Feuchtigkeit überschwemmten mich. Seine rechte Hand griff hinauf zu meiner Brust, und ich hoffte, dass es lange dauern würde.

Zanele fragte, warum ich Mike nicht öfter sehen wolle. »Ich will allein sein, das weißt du doch.« Ich war auf dem Weg nach oben, um ein warmes Bad zu nehmen. Ich fror schon den ganzen Tag, obwohl es im Krankenhaus warm war und draußen sogar heiß.

Zanele nickte.

Die Zähne schlugen mir aufeinander. Sie blickte mich besorgt an. Wenn ich nur nicht krank werde, dachte ich. Ich sagte, dass ich nachher zum Essen kommen würde.

Zanele legte den Zeigefinger unter ihr rechtes Auge. »Ich pass auf dich auf.«

Ich wollte stundenlang in der Badewanne bleiben. Ich hatte meine Arme eingeseift und spürte meine schweren Brüste.

Ich konnte sie nicht gebrauchen. Sie waren rund und weich, aber ich konnte sie nicht gebrauchen. Ich spürte meine Brustwarzen. Meine Hände glitten zum Bauch hinab. Da war noch so viel Platz.

Ich schloss die Augen. Ich stand am Rand der Badewanne. Mama lag darin. Ich schaute ins Wasser. Ich fragte, was für komische Streifen sie auf dem Bauch habe.

»Das habt ihr gemacht«, antwortete sie.

Diese gedehnten Streifen hatte ich nicht, und meine große horizontale Narbe lag viel tiefer. Siehst du, Mama, das hast du gemacht. Meine rechte Hand glitt über den Schamhügel, der mit Haaren bedeckt war. Seitdem ich die Narbe dort hatte, rasierte ich nur noch ein kleines Stück.

Meine Augen öffneten sich. Unter der Wasseroberfläche lag mein Körper.

Um Mitternacht hatte Zanele das Hängeschloss von dem großen Eisentor entfernt.

Es war einer der Abende, an denen es für Gibsan zu spät geworden war, um noch zur Township zurückzukehren. Er übernachtete bei den afrikaansen Nachbarn. Barfuß lief Zanele zu dem Haus und tippte leise mit den Knöcheln an die Tür von Happys Zimmer. Die Tür dahinter führte zu Gibsans Bett. Mit ihrem Klopfen hatte sie als Erstes den Hund der Afrikaander geweckt. Als er ihr das zu verstehen gab, erstarrte sie. Sie hatte eine Heidenangst vor dem Tier, vor allen Hunden. Zum Glück hielten die Leute ihn immer auf dem Grundstück.

Auf ihr beharrliches Klopfen hin öffnete Happy mit verschlafenem Gesicht. Zanele bekam einen ärgerlichen Blick zugeworfen, als würde sie jede Nacht an die Tür klopfen, wenn alle schliefen. Happy sagte nichts, ging im Halbschlaf ins Zimmer zurück und weckte Gibsan. Eilig kam er in der Unterhose angelaufen. Er gab ihr per Handzeichen zu verstehen, dass er nur eine Sekunde brauche, er werde gleich kommen. Er lehnte die Tür an. Happy lag schon wieder im Bett. In verwaschenen Jeans, mit nacktem Oberkörper, einer Mütze auf dem Kopf und Schlüsseln in der Hand kam er zurück. Er fragte, ob Shanla denn nicht da sei. Zanele nickte, doch. Sie müssten so leise wie möglich sein. Aber Mbufu sei über Nacht fort, sagte sie erleichtert.

Solange der Hund bellte, fühlte sie sich nicht sicher. Gibsan flüsterte ihr zum wiederholten Mal seine Theorie über Hunde ins Ohr. Sie gehörten nicht nach Afrika, der Weiße hatte den Hund hierher gebracht; also brauchte man sich nicht zu wundern, dass die Hunde immer bellten und dass die Schwarzen immer Angst hatten.

Er lenkte sie ab, und sie musste lachen. Aber sie lachte lautlos, Shanla würde bis Sonnenaufgang schlafen. Bis dahin würde auch keine Spur mehr von Gibsan zu sehen sein.

Während Zanele erzählte, merkte ich, dass sie sehr müde war und vieles nicht sagte. Ich selbst war gerade von meinem Nachtdienst zurückgekommen, aber ich fühlte mich noch frisch und wollte noch ein bisschen wach bleiben. Ich fragte, ob Gibsan denn rechtzeitig wach geworden sei. Sie nickte fröhlich. Ich tippte sie an den Arm und dachte daran, wie sie es miteinander machten, während das Kind schlafend daneben lag. Aber was sollten sie sonst tun?

Ich ging zum Plattenweg, wo ich Shanla schon gehört hatte. Sie spielte mit Happys Töchterchen. Sie sahen merkwürdig aus, sie hatten irgendetwas in den Haaren. Erst beim Näherkommen sah ich, dass es Buntstifte waren. Sie hatten sich Buntstifte durch ihre Löckchen gesteckt.

»He, Shan, die Buntstifte sind zum Zeichnen da!«

Sie blickte mich keck an.

»Wir machen Bleistiftprobe!« Die Mädchen schüttelten sich vor Lachen.

»Bleistiftprobe?«

Shanla ließ den Kopf hängen und schüttelte ihre Haare. Die Stifte blieben stecken. Sie kam wieder hoch. Die Mädchen konnten gar nicht aufhören zu lachen. Na schön, sollten sie.

Zanele staubte vorsichtig den nackten Mann ab. Sie fragte, ob sie mir ein paar Maiskuchen zum Frühstück machen solle.

»Danke, nein. Was ist eine Bleistiftprobe, Zanele?«

Sie blickte mich mit großen Augen an. Sie fragte, ob ich nicht zuerst meine Schlüssel wegräumen wolle, die ich in der Küche auf der Anrichte hatte liegen lassen. Ich legte sie sorgsam in die hässliche Schale. Zanele erzählte, dass die Bevölkerung während der Apartheid in Gruppen eingeteilt worden sei. »Für Wohnen und andere Rechte.« Sie machte eine kurze Pause.

»Weiß war klar.«

Schwarze und Braune, die *Bruinmannen*, zu unterscheiden, war mitunter schwierig. Weil manche *Bruinmannen* beinahe schwarz waren. Und es gab auch viele Schwarze, die behaupteten, sie gehörten zu den *Bruinmannen*. Jetzt, da sie es sagte, erinnerte ich mich tatsächlich daran, dass die so genannten Farbigen damals andere Rechte hatten.

»Darum die Bleistiftprobe.«

Sie erzählte, wie alle Townshipbewohner sich in langen Reihen aufstellen mussten. Wenn sie endlich dran waren, steckte ein Weißer einen Bleistift in ihr Kraushaar. »Wir mussten uns richtig bücken, richtig nach vorne, so …« Zanele bückte sich genauso, wie Shanla es eben draußen gemacht hatte.

»Wenn er bleibt, bist du schwarz. Wenn er fällt, bist du braun.«

»Mein Gott, wie primitiv!«

Sie hob die Augenbrauen.

Ich wollte wissen, ob ein System dahintersteckte. Ob er an bestimmten Tagen drehte und an bestimmten Tagen verkaufte. Ich musste es herausbekommen. Der Einzige, den ich danach fragen konnte, war Mbufu selbst.

Ich hatte ihn nie dort sitzen sehen, wenn ich vom Nachtdienst zurückkam. Wahrscheinlich machte er sich schnell davon, sobald meine Scheinwerfer unser Haus streiften. Warum ich seit jener Nacht ein solches Bedürfnis hatte, noch einmal mit ihm dort zu sitzen, wusste ich nicht. Vielleicht hatte es etwas mit der Dunkelheit zu tun, dann war ich nicht mehr die Madam seiner Mutter, ich war ein Mädchen auf einem Plattenweg. Immer wenn ich nachts aufschrak, hoffte ich, dass es von seinem Knistern kam, und so wurde die Nacht heimlich zu meiner Freundin.

Es dauerte noch gut zwei Wochen, bis es wieder so weit war. Ich hörte ihn Zigaretten drehen. Mit klopfendem Herzen lief ich nervös hin und her. Was sollte ich machen? Einfach nach unten gehen? Ich konnte so tun, als wollte ich etwas essen. Nein, er hatte in all den Jahren natürlich mitbekommen, dass ich keine große Esserin war. Auch Durst war eine schlechte Ausrede, denn ich hatte immer eine Flasche Wasser in meinem Zimmer stehen. Ich schüttelte mir den Pony aus den Augen und versuchte, Mbufu vom Schlafzimmerfenster aus zu erkennen. Aber es war zu dunkel, der Plattenweg war ein großes schwarzes Loch. Sogar das sandfarbene Straßenpflaster, auf das ich blickte, war jetzt schwarz. In der Hoffnung, dass er nach oben schauen würde, machte ich etwas Lärm.

Enttäuscht ließ ich mich ein paar Minuten später wieder aufs Bett fallen. Ich will ihn, dachte ich. Schnell. Und heftig.

Erst nach fünf Wochen schaffte ich es, während des nächtlichen Drehens seine Aufmerksamkeit auf mich zu lenken – er saß immer donnerstags oder freitags dort, wahrscheinlich weil er am Wochenende verkaufte. Ich kam vom Nachtdienst und hatte geparkt. Doch nicht einmal im Licht des Halbmonds sah ich ihn. Ich wusste, dass er da war. Er kam meistens nach ungefähr fünf Minuten zurück. Auch ich kam zurück. Hatte eben etwas im Auto liegen lassen. Zur Sicherheit hatte ich das auch wirklich. Da ich keinen Schlüssel für das Eisentor besaß, musste ich durchs Haus gehen. Nachdem ich eine Krankenakte aus dem Auto geholt und ihn zu seinem Platz auf dem Plattenweg hatte zurückkehren sehen, gab ich mich erstaunt. Er grüßte. Ich fragte, ob er wieder das eine tun müsse.

»*Yebo.*« Ob ich müde von der Arbeit sei, fragte er.

»Es geht«, antwortete ich, und zugleich dachte ich, dass sein Interesse vielversprechend war. Zwei Minuten später saßen wir zusammen auf dem Plattenweg. Ob er vielleicht etwas trinken wolle. Er lachte. Den Fehler hatte ich schon einmal gemacht. Ich entschuldigte mich. Dann dachte ich daran, wie er unter der Dusche gestanden hatte. Schon von der Vorstellung wurde mir warm.

Ob wir zusammen eine rauchen wollten, fragte er.

Ich rauchte nie. Ich mochte es nicht. »Ja, gern.«

Er reichte mir seine selbst angeleckte Zigarette, und wir rauchten, ohne etwas zu sagen. Erst machte mich das nervös, dann aber schien es so richtig zu sein; der Plattenweg füllte sich mit unserer Stille.

Nachdem mindestens fünf Minuten verstrichen waren, beschloss ich, mich nach seinem Handel zu erkundigen.

Er nahm einen langen Zug und antwortete, ohne mir das Gesicht zuzuwenden. Es gehe so. Aber heute fühle er sich ziemlich »shit«. Er werde wieder ein Kind bekommen, ohne dass er es wolle.

Das verschlug mir den Atem, ich öffnete den Mund, aber es kam nichts heraus. Ein Kind? Wieder? Wie viele hatte er denn? Und mit wem? Oder bluffte er?

Er blickte vor sich hin, ohne mein Erstaunen zu beachten. Das fiel ihm wegen der Dunkelheit auch nicht schwer. Wusste Zanele davon?

Er saß träge rauchend neben mir, konzentriert inhalierte er jeden Zug. Sonst folgte nichts. Offensichtlich war ich an der Reihe. Ich schluckte, vielleicht würde das helfen.

Nachdem ich noch ein paarmal geschluckt hatte, fragte ich, wie viele Kinder er denn schon habe. Er lehnte den Kopf an die Wand. Das Kinn hochgereckt und den Blick nach oben gerichtet, fing er an zu sprechen.

Er wisse es nicht genau. Einige »bitches« hätten ihn vermutlich fälschlicherweise beschuldigt. Aber es müssten inzwischen schon ein paar Kinder sein. Er wolle sie jedoch nicht kennen lernen. Wenn die Mädchen Zicken machten, wolle er nichts mehr mit ihnen zu tun haben.

»Mein Gott, Mbufu!«

Dieser Straßenhocker konnte stoßen und füllen wie kein Zweiter. Und er war schnell. Schneller als das Licht. »Warum willst du dann nichts mehr mit ihnen zu tun haben?«

Zum ersten Mal, seitdem wir hier saßen, kam das Weiß seiner Augen ganz nah an mich heran. Er wolle nur ficken, sein Kopf machte drei Stoßbewegungen, dazu keuchte er kräftig – und der Rest sei ihr Problem, fügte er hinzu. Warum er denn kein Kondom benutze? Er lachte. Dann mache es doch keinen Spaß mehr, oder? Eigentlich hätte ich ihn jetzt auf all die todkranken Menschen hinweisen müssen, die am laufenden Band zu uns gebracht wurden, aber ich lächelte. Er erinnerte mich an Wouter, der das auch nicht mochte. Als ob man ein Kind mit Handschuhen im Matsch spielen ließe, sagte er immer. Mbufu stieß mich mit der Schulter gleichsam freundschaftlich an und sagte, dass es, wie auch immer, nie gut ausgehe.

Dem stimmte ich zu. Eigentlich ist das ein Naturgesetz: Nichts geht gut aus. Er steckte sich noch eine an. Während ich in die Flamme schaute, überlegte ich, dass es ihm wohl doch zu schaffen machte, er hatte ja wie aus heiterem Himmel davon angefangen. Die Zigarette zwischen die Lippen geklemmt, sagte er, diesmal sei es zufällig ein nettes Mädchen gewesen. Aber auch sie habe es verpatzt.

Noch ein Grund, es heute Abend zu tun, dachte ich.

Ich würde es nicht verpatzen.

Um Entbindungen kümmerte man sich meistens in den Townships. Warum das Mädchen hergekommen war, blieb mir ein Rätsel. Vielleicht wohnte sie in der Nähe, oder sie hatte Angst. Zwei Frauen, genauso jung, etwa achtzehn Jahre alt, schätzte ich, waren mitgekommen. Irgendwie vermittelte Afrika einem immer das Gefühl, Männer hätten nichts mit Kindern zu tun. Vielleicht waren es ihre Schwestern. Oder Freundinnen. Ich würde es beim Eintragen der Daten erfahren. Aber zuerst musste ein Kind geboren werden. In all den Jahren hatte ich das noch nie gemacht, immer wieder hatte ich es geschafft, diese Aufgabe anderen zu überlassen. Und es kam auch nur selten vor. Albert hatte mir einmal erklärt, warum. »Sie wollen keine weißen Hände dabei.« Sein spöttischer Blick ließ mich zweifeln. Doch Zanele bestätigte diese Behauptung, als ich sie abends danach fragte. Das Gebären sei ein heiliges Geschehen, das sie lieber »rein« hielten.

»Mein Gott, das ist doch verrückt, als würde unsere Anwesenheit es beschmutzen.«

Zanele hatte genickt.

Meine gewaschenen weißen Hände berührten jetzt die Schamlippen einer bildhübschen Achtzehnjährigen. Die Schweißtropfen auf der Stirn gaben ihrem Gesicht einen schönen Glanz. Sie war mager, Haut und Knochen, aber ihr Bauch sah prächtig aus. Sie sprach Tswana. Keiner unserer Mitarbeiter verstand sie, aber dass ein Kind aus ihrem Bauch geholt werden musste, war klar. Wenn sie einmal so gedehnt worden ist, wird sie sicher nie mehr eng, dachte ich, als ich mich auf ihre Öffnung konzentrierte. Ob man wirklich immer sehen konnte, dass jemand bereits ein Kind zur Welt gebracht hatte? Abgesehen von Rissen und Narben?

Alberts Assistentin rief mich. Gott sei Dank. Inzwischen wusste sie wohl, dass ich Geburten möglichst vermied. Zwei Pfleger würden sich um das Mädchen kümmern, sagte sie, so könne ich zu einem anderen Patienten gehen. Während ich durch den vom Neonlicht erhellten Flur lief, dachte ich an Mbufu, dass auch er Mädchen so zurückließ, schwanger und allein. Ob Zanele es wusste?

Es würde sie nicht einmal erschrecken. So oft hatte sie mir schon erzählt, dass Männer immer wegliefen.

Eine uralte Frau – achtundneunzig, antwortete sie auf Zulu, als ich fragte, wie alt sie sei – stand mit krummem Rücken vor mir. Ihr Gesicht war voller Runzeln, sie konnte sich aber gut verständlich machen. Alberts Assistentin erzählte, die Dame sei ganz allein hergekommen, dann ließ sie mich mit ihr allein. Ihr Stock, auf den sie sich mit dem ganzen Gewicht ihres mageren Körpers stützte, schien selber an Parkinson zu leiden. Ich fragte, was ihr fehle.

Sie komme schon seit ein paar Tagen nicht mehr hoch. Zitternd kam sie mir entgegen und schob den Kopf etwas näher, so dass sie leiser sprechen konnte. Ich müsse wissen, dass sie alt sei, sehr alt, aber dass sie immer gesund gewesen sei. Sie zittere zwar, aber das komme, weil sie immer hart gearbeitet habe. Sechzig Jahre lang. Waschfrau. Sie machte zittrige Drehbewegungen und sprach von einem Bottich. Sechzig Jahre lang habe sie so gestanden und hart gearbeitet, bei verschiedenen weißen Familien, »weiß wie Sie«, sagte sie auf Afrikaans. Sie hatte ganz plötzlich gewechselt, als hätte sie das Zulu nur gebraucht, um sich warmzureden. Oder ihr war plötzlich bewusst geworden, dass ich eine Weiße war. Mich interessierte ihre Geschichte, aber ein Kind wurde gerade geboren, und es warteten noch eine ganze Menge Leute. Also fragte ich sie, ob sie vielleicht »to the point« kommen könne. Dass sie stecken geblieben sei, so krumm sei sie noch nie gewesen.

Ein tiefer Seufzer entfuhr mir. Das war wieder ein typischer Fall für den Hausarzt, nicht für die Erste Hilfe. Aber sie hatten nie einen Hausarzt, sie kannten den Begriff nicht einmal. Es wurde Zeit für Veränderungen im System. Aber es gab kein System. Mit einer fast hundertjährigen Parkinsonpatientin am Arm ging ich mit vorsichtigen Schritten durch den Flur. Danach sei alles gemangelt worden. Sie wiederholte das afrikaanse Wort, damit ich es genau verstand. Und dann habe sie alles auf die Wäscheleine gehängt. Daumen und Zeigefinger machten zweimal eine Kneifbewegung. Ellenlange Leinen, denn es waren große Familien. Und alles kam in die Wäsche, als ob es nichts ausmachte. Ob ich eine Ahnung hätte, wie schwer die nassen Baumwollhosen vom Herrn des Hauses gewesen seien? Manchmal habe es zwei Tage gedauert, bis die Sonne sie getrocknet habe.

»Hier rechts«, sagte ich und deutete auf ein kleines Zimmer, dort würde ich mir ihren Rücken ansehen. Nicht, dass etwas zu sehen gewesen wäre, aber ich konnte sie doch nicht einfach fortschicken. Und dann bügeln, sagte sie. Gut acht bis neun Stunden ununterbrochen bügeln. Ihre zitternde Hand machte eine Bügelbewegung, sehr langsam, bestimmt langsamer als früher. Sie fasste an den Kragen meines weißen Kittels und rieb darüber. »Nicht ordentlich.«

Sie sollte ja nicht anfangen, Zanele zu beleidigen, das hatte mir noch gefehlt. Das sind die Folgen ihres Berufs, dachte ich, ging aber nicht darauf ein. Sie möge sich hinsetzen, bat ich. Das sei nun gerade das Problem, sie könne nicht mehr auf einem Stuhl sitzen. Gut, dann stehen.

Sie drehte mir die Seite zu und lächelte zufrieden. Dass es nicht wehtue, sagte sie. Aber es sei furchtbar lästig. Sie könne überhaupt nichts mehr. Meiner Ansicht nach konnte sie von Glück sagen, dass sie in ihrem Alter noch so gut beieinander war. Ob sie vielleicht etwas trinken wolle. Zufriedene Äuglein schauten mich an. Einen Schluck Wasser möge sie schon gern. Wie es komme, dass ich so schlecht Afrikaans spräche, fragte sie. So was! Und ich verteidigte mich auch noch! Dass ich aus dem Ausland käme, erzählte ich. Sie blickte mich erstaunt an. Ob ich denn keine afrikaansen Eltern hätte. Ich schüttelte den Kopf. »Ich habe überhaupt keine Eltern.«

Der Schreck stand ihr ins runzlige Gesicht geschrieben.

Ich nahm einen Plastikbecher und ging zum Wasserhahn.

»Sie schon lange elternlos?«

Ich stand mit dem Rücken zu ihr. Das Wort hatte ich noch nie benutzt. Wegen ihres Zitterns füllte ich den Becher nur halb. »Ja«, antwortete ich, »schon sehr lange.«

In der Stille, die nun folgte, fragte ich mich, wie sich, um Himmels willen, diese allzu persönliche Atmosphäre eingestellt hatte. Dem musste ich sofort ein Ende bereiten und mich ganz auf ihr Rückenproblem konzentrieren.

Daran war nichts mehr zu machen, und auch wenn man noch etwas hätte machen können, hätte ich es nicht getan. Wichtig war, dass sie keine Schmerzen hatte, Schmerzmittel hätte sie sich nicht leisten können. Geld für Medikamente war nicht vorhanden, geschweige denn für eine Operation. Achtzig Prozent der Operationen hingen mit Schussverletzungen zusammen. Solche Fälle, noch dazu in dem Alter, landeten sozusagen im Müll. Sie waren Zeit- und Energieverschwendung, hatte ich im Laufe der Jahre gelernt. Nachdem ich mir ihre Wirbelsäule angeschaut hatte, versuchte ich ihr zu erklären, dass ihr Leiden altersbedingt sei und ich nichts dagegen tun könne.

»Tsss« war alles, was ich zu hören bekam.

Als ich ihr riet, den Rücken gut warm zu halten, blickten ihre achtundneunzigjährigen Augen mich vorwurfsvoll an. Als ob es meine Schuld wäre! Es war wie mit den Budgets. Von oben wurde bestimmt, wen wir noch und wen wir nicht mehr am Leben erhalten durften. Und doch schauten die Angehörigen mich an, als wäre ich verantwortlich, mit demselben Blick wie diese fast hundertjährige Waschfrau. Diese Blicke waren vernichtender als Worte. Ich hasste es.

Sie ging hinaus auf den Flur und murmelte dabei vor sich hin. Das Krankenhaus sei von innen genauso hässlich wie von außen. Wenn nicht hässlicher. Außen war es in der Tat spuckhässlich, dreckig und schlecht gepflegt. Die Abgase von der nahe gelegenen Schnellstraße, die von Gauteng nach Norden führte – die Straße, die ich nie benutzte, ich musste über befestigte Sandwege fahren –, hatten schwarze Spuren auf den einstmals weiß gestrichenen Mauern hinterlassen. Egal, mich beleidigte sie nicht damit, falls das ihre Absicht war. Sie gehörte offenbar noch zu der Generation, die es nicht wagte, eine Weiße zu verfluchen. Jedenfalls nicht laut.

Am Ende dieses Tages, der mir wie der bisher wärmste vorkam – dieser Gedanke befiel mich täglich –, sah ich beim Nachhausekommen Gibsan unten an der Treppe hocken. Meine Augen fielen auf das kleine Stück Poritze, das aus seiner Hose schaute, und aus irgendeinem unerklärlichen Grund war sein Oberkörper wieder einmal nackt. Wer nicht wusste, dass Zanele und er schon etwas miteinander hatten, hätte denken können, dass er damit ihre Aufmerksamkeit erregen wollte. Mit der Wärme konnte es nichts zu tun haben, sonst hätte er seine Mütze nicht aufgesetzt. Ohne sich umzudrehen, hieß er mich in meinem eigenen Haus willkommen. Ich fragte, was er gerade tue. Die unterste Stufe habe sich gelöst. Zanele habe ihn gebeten, sie festzuschrauben. Ich ging an ihm vorbei zur Küche und wünschte ihm viel Erfolg. Nach dem fürchterlich heißen Tag war ich sehr durstig, hastig hob ich die Wasserflasche an den Mund. Mit dem Kopf im Nacken sah ich nicht, dass Zanele von der anderen Seite in die Küche gekommen war.
»Nein-nein-nein, Joni!«

Schnell setzte ich die Flasche ab und holte ein Glas aus dem Küchenschrank. In einer Mischung ihrer verschiedenen afrikanischen Sprachen fing sie ein Gespräch mit Swartie an. Ob er Mbufu zufällig gesehen habe, er sei gestern nicht nach Hause gekommen, und heute habe sie ihn auch noch nicht gehört. Ich spitzte die Ohren und trank dabei weiter, ganz langsam. Hätte ich schneller getrunken, hätte ich nicht genau verstehen können, was die beiden sagten. Gibsan konzentrierte sich weiter auf seinen Schraubenzieher, behauptete, keine Ahnung zu haben, und bat sie, kurz zur Seite zu gehen, damit er besser drankomme. Wie gewöhnlich kam es wieder zu einem kleinen Wortgefecht. Warum sie beiseite gehen solle und worüber er sich so ärgere? Dass er arbeite, rief er, und Männer, die arbeiteten, wollten nun mal nicht gestört werden.

In mir stieg so etwas wie Eifersucht auf. Mbufu war bestimmt bei einem Mädchen geblieben. Hatte er sie im Stehen voll gespritzt, wie er es in meiner Vorstellung bei mir tat?

Es war sein gleichgültiges Auftreten, das mich nicht mehr losließ. Seine glitzernden Augen konnten mich so intensiv und zugleich so wütend anblicken oder, öfter noch, mich gar nicht anblicken, mich gleichsam ignorieren, so dass mein Begehren nur noch größer wurde. Er ließ mich wie ein albernes weißes Mädchen dastehen, an dem er überhaupt nicht interessiert war. Dass ich für Kost und Logis seiner Familie sorgte, war ihm schnuppe. Ich wollte Mbufu, aber Mbufu seinerseits stand nicht auf weiße Mädchen. Jedenfalls posaunte er das lauthals herum.

Dennoch, die Art, wie er mich auf dem Plattenweg angeschaut und berührt hatte, ein paarmal mit der Schulter, ließ mich daran zweifeln. Einmal war ich sogar rot geworden, was er in der Dunkelheit bestimmt nicht gesehen hatte. Er sagte, ich würde so wenig lachen bei Tage, und deshalb sehe er meine schönen Zähne kaum. Ich hatte auf diese Bemerkung nicht reagiert, und er erzählte, wie gern er das Gebiss eines Mädchens betrachte.

Wenn wir doch nur einmal bei Tage Zeit miteinander verbringen könnten. Eine Strecke zusammen gehen. Oder haben Nachtmenschen bei Tage keinerlei Rechte?

Immer wieder tanzte das Bild vor meinen Augen. Ich sitzend, er stehend. Und wieder war er schnell.

Die Arbeit hatte mich in den vergangenen Wochen völlig in Anspruch genommen. Etliche Ärzte waren gegangen, was die Sache nicht leichter machte. Sowohl Internisten als auch Chirurgen, unter ihnen Mike, hatten unser Krankenhaus gegen eines für Weiße am Kap eingetauscht. Wenn sie nicht zum Kap gegangen wären, hätte ich an Braindrain gedacht, was Albert schon eine Weile fürchtete. Die Flucht ins Ausland.

Für Shanla hatte ich wenig Zeit gehabt, wir hatten nicht gelesen, nicht gespielt. Auch Mbufu hatte ich schon fast vierzehn Tage nicht mehr gesprochen. Ich hatte ihm im Vorbeifahren zugenickt, aber nachts hatten wir uns nicht gesehen.

Es war schon Abend, und eigentlich hätte ich nicht mehr stören sollen. Erstaunt öffnete Zanele die Tür. Ob alles in Ordnung sei?

Ich nickte. »Ich habe euch gehört, vielleicht darf ich eben ...«

Zanele machte die Tür weit auf. Zugleich fürchtete ich, ungelegen zu kommen.

»Ach was, komm rein!«

Ich setzte mich auf den Fußboden, neben Shanla.

»Ich darf nie auf Fußboden sitzen.«

Sie hatte Recht, aber hier gab es keine Stühle.

Zanele nahm den Rhythmus wieder auf, als hätte es keine Unterbrechung gegeben. Sie zählte und gab Shanla ein Zeichen, dass sie weitertanzen durfte. Ich hatte ihnen noch nie dabei zugeschaut. Ich kannte nur die begleitenden Geräusche. Mbufu war nicht da, er war nach dem Essen gleich wieder auf die Straße gegangen. Eigentlich war er nur zum Essen hier. Zanele nickte mir zu. Ich sollte mitsingen. Inzwischen kannte ich einige ihrer Lieder, aber mitzusingen traute ich mich nicht.

Nach einigen Minuten hielt sie inne. Sie fragte, ob ich verstanden hätte, worum es in dem Lied gehe.

»Um einen Mann, aber ich habe es nicht genau verstanden.«

Sie lachte. Vorsichtig.

»Um unsichtbaren Mann ...« Sie tastete mit den Fingern in der Dunkelheit, ließ die Hände wirbeln. »Niemand hat ihn gesehen.«

Ich nickte.

»Eine Art Maaik«, sagte sie lachend.

»Ach, hör auf, den hast du doch bestimmt kommen sehen, oder?«

»Ich nicht, aber Shanla.«

Shanla wandte sofort ihr Gesicht ab.

»Wie auch immer, den bekommen wir sowieso nicht mehr zu sehen, er ist weggezogen. Zum Kap, zum Westkap.«

Zanele blickte mich erstaunt an. »Also vorbei?«

Ich nickte.

Ein Schlag auf die Trommel. Ich zuckte zusammen. Noch einmal vier Schläge, dann stieß sie mit der Hand vor dem Mund eine Reihe von Tönen aus. Ihre Hand bewegte sich dabei hin und her. Das Geräusch erkannte ich. Shanla begann zu zählen. Zanele schob ihr die Trommel zu. Sie selbst stand auf. Shanla wiederholte den Rhythmus, den die Mutter vorgab, während Zaneles nackte Füße über den Boden rutschten. Mit geschlossenen Augen drehte sie sich einmal im Kreis. Sie sang ohne Worte. Als sie die Augen wieder öffnete, tanzte sie zu mir herüber und bedeutete mir mit den Händen, ich solle aufstehen. Shanla trommelte weiter.

Ich erhob mich in einer einzigen Bewegung. Ich ließ mich bewegen. Ich tanzte.

Auch meine Augen wollten sich schließen. Zaneles Hände umfassten meine Taille.

Es war gegen vier Uhr morgens, wie immer brannte das Nachtlicht im Wachverschlag am Eckhaus. Ich fuhr die Straße entlang und in unsere Einfahrt. Mbufu brauchte ich nicht zu suchen, es war eine normale Dienstagnacht. Ich schloss das Auto ab und ging ins Haus, wo ich sofort den Luftzug spürte. Woher kam der um diese Zeit? Hatte Zanele die Küchentür versehentlich offen gelassen?

Ich warf meinen Schlüssel in die graue Schale und ging vorsichtig in die Küche. Tastsächlich standen beide Küchentüren offen. Eigenartig. Ich schaute zum Plattenweg. Links. Rechts. Nichts zu sehen. Sicher war es der Wind, der hatte sie aufgeweht. Ich schloss beide Türen, wie wir es nachts gewohnt waren. Im Flur warf ich meine Arbeitstasche auf den Boden. Müde ging ich die Treppe hinauf.

Als ich ins Schlafzimmer trat, merkte ich es sofort: Sogar in dem schwachen Licht sah ich, dass alles auf den Kopf gestellt war. Kleider aus Schubladen gezerrt, die Matratze herausgerissen. Ich machte Licht an, ich musste sehen, was hier los war. Zanele und Shanla hatten wohl geschlafen, nicht einmal Mbufu hatte etwas gehört. Oder war er nicht zu Hause?

Zum Glück hatte ich Nachtdienst gehabt, sonst wäre ich diesen Männern in die Quere gekommen. Und das mögen sie nicht.

Es war hier nichts zu holen. Gut, ein Fernseher, aber das schwere alte Ding würden sie doch wohl kaum aus dem Haus tragen. Ich beschloss nachzuschauen, unten im Wohnzimmer. Irgendwie spürte ich, dass sie das Haus schon verlassen hatten. Wütend darüber, dass jemand bei mir eingebrochen hatte, lief ich nach unten. Ich brauchte keine Angst zu haben, redete ich mir ein, das Übel war bereits geschehen.

Ich nahm mir vor, Zanele zu wecken, um ihr zu zeigen, was passiert war. Nicht einmal Licht hatten sie gemacht, es war stockdunkel. Wie können sie die Sachen denn im Dunkeln stehlen? Oder hatten sie das Licht danach wieder ausgemacht?

Der Fernseher stand noch da, ich sah seine Umrisse im Dunkeln. Ich ging weiter in mein Arbeitszimmer, auch das hatten sie bestimmt in einen Trümmerhaufen verwandelt. Plötzlich blieb ich stehen. Atmete da nicht ein Mensch? Oder bildete ich mir das ein?

Ja, ich hörte jemanden sehr leise atmen. Ich erstarrte, eine tödliche Angst befiel mich, ganz plötzlich, wie aus dem Nichts, ich hatte es nicht erwartet, mein Gefühl hatte mich genarrt, hier war jemand, ganz nahe, in meinem Arbeitszimmer. Ich musste das Licht anmachen oder regungslos stehen bleiben, warten, bis ich an der Kehle gepackt wurde, ich wusste es nicht, meine Beine begannen zu zittern, und ich wünschte, ich wäre nicht so dumm gewesen, einfach ins Haus zu gehen. Die offene Küchentür. Warum hatte ich mir nichts dabei gedacht? Jeder Idiot weiß doch, dass offene Türen nichts mit dem Wind zu tun haben, dass hier Mörder mit Küchenmessern herumlaufen, um meine weiße Kehle durchzuschneiden.

Meine linke Hand drückte auf den Schalter, ich musste wissen, was los war.

Ich ging in die Knie, hockte mich neben sie. Sie lag auf dem Bauch. Ihr Nachthemd war bis zur Taille hochgeschoben. Ihre Beine schlaff, gespreizt, wie erschöpft. Um den linken Fuß ihr Slip. Ihre geschlossenen Augen. Sie hatte sie gehört, hatte sie bei ihrer Arbeit gestört. Ich umfasste ihren Oberkörper und drehte sie vorsichtig um. Ihr schlaffer Kopf fiel nach hinten. Ich betrachtete ihr Gesicht, ihre Brüste. Noch immer dieses Atmen, ganz leise.

Ich schob das zerfetzte Nachthemd über ihre Brüste und zog sie hoch. Wie schwer sie jetzt war.

Albert hatte Dienst, ich durfte mich nicht um sie kümmern. Ihre Augen waren noch immer geschlossen, ihr Kopf lag auf der Seite. Meine Unterlippe zitterte. Ich wollte dabei sein, wollte selber sehen, was mit ihr passiert war, selber feststellen, wie es um sie stand. Alberts Assistentin hatte auf meine Bitte hin den Vorhang einen Spalt offen gelassen. Ich schaute durch die Scheibe.

Sie hat Schmerzen. Sie schließt sich ab, ist bewusstlos, um die Schmerzen nicht zu spüren. Ich will ihre Hände halten, sagen, dass alles gut wird, dass ich dafür sorgen werde, das ist schließlich mein Beruf, meine Arbeit, ich werde jeden Tag hier sein, jeden Dienst übernehmen, ich werde hier bleiben, ununterbrochen, und ich werde sie da herausholen, sie wach bekommen, jetzt oder später, aber ich werde es tun, ich habe volles Vertrauen, mir wird schwindlig, ich gleite weg, aber nachher wecke ich dich auf, dann gehen wir zusammen nach Hause, es war nur ein böser Traum, sie haben uns einen bösen Traum geschickt, du hast Recht, was die Männer betrifft, alle Männer, wir müssen unser Grundstück abschließen, es sicher machen, damit wir keine Angst mehr zu haben brauchen, wir gehen zurück, zu den Kindern, zu den Schmetterlingen in unserem Garten.

Als ich wieder zu mir kam, sah ich Phumelele, eine der Schwestern unserer Station, vor mir stehen. Ihr Lächeln war noch breiter als sonst; sie sagte, es sei zu viel zu tun, man könne sich nicht auch noch um mich kümmern. Ob ich, bitte, nicht mehr ohnmächtig würde. »Doktor«, setzte sie hinzu. Es dauerte einen Augenblick, bis ich begriff, worum es ging. Ich versuchte zu lächeln und aufzustehen. »Wie geht es ihr?«

Sie berichtete, was Albert gesagt hatte. Mir drehte sich der Magen um. Ich stand auf und ging, so schnell ich konnte, zu Zaneles Zimmer. Ich durfte endlich hinein.

Ich stand nah bei ihr. Ich wagte nicht sie zu berühren.

Sie anzusprechen hatte keinen Sinn. Ich hüstelte. Sie reagierte nicht. Auch nicht mit den Augenlidern.

Hinten sehe es am schlimmsten aus. Glücklicherweise lag sie jetzt auf dem Rücken. Bis zu den Schultern war sie mit dem Laken zugedeckt, einem der weißen Laken, von denen ich ihr erzählt hatte.

Wie sie letztlich überwältigt worden war, konnte Albert nicht sagen. Gerade am Schädel habe er keine Spuren roher Gewalt gefunden. Vermutlich war sie mit dem Kopf irgendwo gegengeschlagen, das habe er an der rechten Schläfe gesehen.

Vielleicht war es ihr zu viel geworden? Hatte sie es nicht mehr ertragen? Vier Mann, schätzte Albert anhand des Zustands rund um den After. Wir kannten solche Verletzungen, daher ließ sich die Zahl der Täter schätzen. Die Ergebnisse der Blutprobe waren noch unterwegs. Ein Täter mit Aids würde die Situation noch schlimmer machen, als sie schon war. Meistens steckte sogar die Absicht dahinter, die Krankheit zu verbreiten. Ich musste unbedingt versuchen, mit ihr zu reden. Wie oft hatte ich so etwas zu Angehörigen gesagt, ohne zu wissen, wie schwer es war. Vielleicht morgen, dachte ich. Ich sagte sonst immer, es bestehe noch Aussicht, eine sehr kleine, aber sie bestehe. Dann erläuterte ich, dass wir solche Situationen als »locked in« bezeichneten. Und dass sie reden sollten, denn es bestehe eine, wenn auch sehr kleine Chance, dass sie gehört würden. Ich schloss die Augen und wollte beten. Aber ich wusste nicht, wie.

Es war die dritte Nacht, und ich schlief in ihrem Zimmer im Krankenhaus. Das war ungewöhnlich, aber niemand hatte etwas dagegen. Heute hatte ich sie zum ersten Mal angesprochen. Ich war näher herangetreten, damit sie mich vielleicht riechen konnte. Ich hatte erzählt, dass ich nach ihrer blauen Wollmütze gesucht hätte. Überall hätte ich gesucht. Auf dem Plattenweg und im Haus. Sogar in ihrem Zimmer. Wo bewahrte sie das Ding, um Himmels willen, auf? Shanla wusste es auch nicht. Sie verstand das Ganze ohnehin nicht. Wo ihre Mutter war und was passiert war. Ich hatte ihr nicht die Wahrheit gesagt.

Ich hatte Sorge, dass Zaneles Kopf kalt würde. Vielleicht konnte ich heute eine neue Mütze für sie kaufen. Aber ich wusste nicht, wo. Und ich wollte nicht zu lange wegbleiben. Ich würde Gibsan fragen. Vielleicht lieh er ihr seine.

Albert kam herein. Es sei eine deutliche Verschlimmerung eingetreten. Er sprach freundlicher als sonst, oder leiser, vielleicht war es das. Er zeigte mir die Akte und legte mir einen Arm um die Schulter. Schön war er, dieser Arm. Dieser zu afrikanische Arm. Ich nickte, es sah nicht gut aus. Wir sprachen über ihren Zustand und begriffen beide nicht, wie es kam, dass die Verletzung so gravierend war. War es eine zufällige Komplikation? Etwas, dessen Ursache wir nicht kannten?

Albert sprach aus, was ich dachte. Wenn es so weiterging, hatte sie nicht mehr lange zu leben. Ich blickte ihn an. »Du darfst es nicht zu sehr an dich herankommen lassen«, sagte er wohlmeinend.

Mbufu wollte nichts davon hören. Shanla verstand nicht, was ich ihr erzählte, aber sie wollte gern mit ins Krankenhaus kommen. Gibsan hatte ich nicht mehr gesprochen, ihn nicht einmal gesehen. Ich hatte Mbufu gebeten, ihn zu informieren, vielleicht hatte er nicht einmal das getan.

Shanla bat mich, mit in ihr Zimmer zu kommen, dann könnten wir gemeinsam etwas Schönes aussuchen. Ich sagte, das sei nicht nötig, ihre Mama könne das ohnehin nicht sehen. Das mache ihr nichts aus, sie wolle sich hübsch anziehen. Sie zog den einzigen Rock an, der ihr noch passte, sie war fülliger geworden, auch größer. Ihre guten Schuhe wurden auch schon etwas zu eng. »Wenn wir Zeit haben, kaufen wir neue, okay?«

Shanla nickte.

Sie saß bei mir im Auto. Es war alles anders, als ich es mir vorgestellt hatte. Wir redeten nicht, es war totenstill. Es erinnerte mich daran, wie ich als Kind mit meiner Mutter im Auto gesessen hatte, aber da lief wenigstens das Radio. Sie trug eine Sonnenbrille, genau wie ich. Woher kam diese unangenehme Atmosphäre, genau wie damals?

Shanla war durcheinander, unruhig. Ihre Mama war weg, noch nie hatte sie eine Nacht ohne sie schlafen müssen, und auf einmal war sie weg. Ich hatte versucht, sie zu beruhigen, sie brauche sich keine Sorgen zu machen. Es half nicht viel.

Mbufu würde sich in der nächsten Zeit um sie kümmern. Plötzlich nahm ich nicht mehr den Platz ein, von dem ich dachte, er sei meiner. Darin hatte ich mich schon öfter getäuscht. Ich fragte sie, ob sie diese Woche noch etwas gefangen habe, sie habe mir nichts gezeigt. Aus den Augenwinkeln konnte ich sehen, wie sie lächelte. Sie habe keine Lust dazu gehabt, sagte sie. Sie habe überhaupt keine Lust zum Spielen gehabt. »Wann kommt Mama wieder nach Hause?«

Ich nahm ihre Hand, konnte sie dabei aber nicht anblicken, weil ich auf die Straße achten musste. Das war auch nur gut. »Bald«, log ich, »sehr bald.«

Heimlich hatte ich gehofft, dass es etwas bewirken würde. Ihre Stimme, ihre Berührung, ihr Geruch. Aber Zanele reagierte nicht. Shanla versuchte es weiter. »Mama, Mama«, flüsterte sie, als wüsste sie, dass es keinen Sinn hatte, laut zu sprechen.

Shanla am Bett der Mutter, deren linke Hand mit ihrer eigenen verschränkt. Es war so traurig. Aber Trauer durfte ich nicht zulassen. Das nützte Shanla nicht, und mir auch nicht. Es war mir zuwider, wenn ein solches Gefühl in mir aufstieg. Es passte nicht zu mir. Früher hatte mir das zu schaffen gemacht, als ich noch ein Kind war wie sie. Damals hatte auch ich noch nach meiner Mutter rufen können, voller Angst, sie zu verlieren. Aber was würde mit Shanla geschehen?

Mbufu kannte ich inzwischen. Der würde seinen Weg gehen. Aber Shanla?

Niemand würde erlauben, dass sie weiterhin bei mir wohnte. Ich wollte es zwar schon, aber ihre Onkel und Tanten nicht, ihre Großmutter und ihr Vater nicht. Ihr Vater? Irgendwie erfuhren schwarze Väter solche Dinge immer und übernahmen dann für kurze Zeit die Vaterrolle. Ich durfte mich auch nicht dagegen wehren. Ich sah wieder Zaneles dunkle Augen im Trockensalon vor mir. Nicht vermischen, hatte sie mir erklärt, das sei wirklich besser, vernünftiger. Vielleicht hatte sie Recht, ich sollte nicht naiv sein.

Sie würden sie bei irgendjemandem aus der Familie unterbringen, weit weg. Sie würde in der Familie aufgehen, und das Bild ihrer Mutter würde langsam verblassen. Hoffentlich erinnerte sie sich dann noch, wie es war, als Zanele unser Essen zubereitete und barfuß über unseren Plattenweg lief. Was mit Shanla geschehen würde, wusste ich. Aber mit mir?

Es dauerte schon über eine Woche länger, als wir erwartet hatten. Nein, es gab keine Hoffnung. Wenn es um einen anderen Patienten gegangen wäre, hätte ich das den Angehörigen sagen müssen. Nun sagte ich es mir: Ich solle mir keine Illusionen machen, es sei eine Frage der Zeit. Dennoch fuhr ich jeden Tag wie üblich zurück nach Hause. Shanla schlief noch in ihrem Zimmer. Ich hatte sie zwar gefragt, ob sie drinnen schlafen wolle, im Haus, aber das empfand sie als eigenartig. Sie wolle in Zaneles Zimmer schlafen, jetzt allein, aber bald wieder mit ihr zusammen. Ich nickte, ich wollte sie nicht enttäuschen. Mbufu schlafe ja auch oft in dem Zimmer, das finde sie schön. Ich kaufte Essen für Shanla und musste es selbst zubereiten. Ich wusste nicht einmal, wie man das machte. All die Jahre hatte ich auf der Anrichte gesessen und zugeschaut, und nun wusste ich nicht einmal, wie ich es anstellen sollte, damit Shanla es mochte. Nur der Teller *Milliemeel* war einfach. Shanla kam, um ihren Teller abzuholen, und tippte mir auf den Rücken. »Joni?«

Ich drehte mich um.

»Dein Armband, hab ich genommen.«

Die roten Steinchen glitzerten in ihrer Hand.

Sie lächelte. »Muss Mama tragen.«

Ich beugte mich ein bisschen vor, um das Armband genauer zu betrachten. Sie hielt es in der Hand wie etwas Lebendiges, das wegfliegen könnte.

Sie wagte es nicht, denn ihre Mutter hatte gesagt, dass sie es nie anfassen dürfe. Es sei schon frech von ihr gewesen, es unter dem Bett hervorzuholen, aber es ihr anzulegen, das gehe nun wirklich nicht. Ich nahm das rote Armband und führte zuerst die Spitzen von Zaneles Zeige- und Mittelfinger über die kleinen Kugeln. Sie reagierte nicht. Ich schluckte und legte es vorsichtig um ihr schlaffes Handgelenk. Ich spürte ihre Wärme. Ich war ihr näher als sonst und hielt ihr Handgelenk noch etwas länger fest. »Du trägst es«, flüsterte ich. Ich schluckte noch einmal.

Sie trug es zum ersten Mal, aber sie konnte es nicht sehen. Ein Schauder lief mir über den Rücken.

So oft hatte ich danach gefragt. Aufbewahren, sagte sie dann. Wofür, um Himmels willen?

Ich wollte ihr sagen, wie gut es ihr stand, ich wollte ihr noch einmal sagen, weshalb ich es für sie ausgesucht hatte, dass es ein so schönes Rot sei. Ich hatte ihr erzählt, was Rot bedeutete. Wie schön, dass du es endlich trägst, dachte ich, während ich vorsichtig den Verschluss zumachte.

»Nie wieder abnehmen«, flüsterte ich ihr ins Ohr.

Meine Finger lagen noch immer auf ihrer Hand, auf den roten Steinchen. Ich legte meine andere Hand darunter, so dass ihr Handgelenk auf ihr ruhen konnte.

»Zanele?«

Alles machte mich traurig, aber am meisten, dass ich es ihr nicht sagen konnte. Mein Kopf sank auf das weiße Laken.

Bleib bei mir, bitte.

Erst als ich die Augen geschlossen hatte, hörte ich ein Kind weinen. Sofort richtete ich mich wieder auf. Ich hatte ein Kind zum Weinen gebracht. Verdammt.

Wie erwartet, kamen sie, um Shanla abzuholen. Ein Kleinbus mit sechs Menschen, die ich noch nie gesehen hatte. Doch Shanla kannte sie, was mich beruhigte. Mbufu wollte ein Stück mitfahren, um bei einem Freund in einer Township abgesetzt zu werden. Er erzählte mir noch, dass er mit Gibsan gesprochen habe. Er habe nichts dagegen, weiter hier zu arbeiten, wenn ich das wünschte. Ich wollte ihn nicht mehr sehen.

Albert hatte ich gesagt, dass er sich um eine Vertretung für mich kümmern solle, aber als Shanla jetzt mit ihrer Tasche bereitstand, dankte ich Gott, dass ich behaupten konnte, ich hätte Dienst. Zaneles Angehörige schienen nicht besonders traurig oder bekümmert zu sein, offenbar erlebten sie so etwas häufig. Sie fingen an, sich mit Mbufu über die beste Route zur betreffenden Township zu streiten. Ein anderer Junge, ein Cousin, nahm ich an, schlug nach einem Schmetterling, als ob es eine Wespe wäre. Erst da wurde mir bewusst, welcher Monat es schon wieder war.

Mit einem Stechen im Bauch küsste ich Shanla zwei Mal. Dann umarmte sie mich. Sie drückte mich fest an sich. »Püppchen«, flüsterte ich.

Ich fragte den Mann, der neben mir stand und sich als Onkel vorgestellt hatte, ob er mir eine Postadresse geben könne. Er schüttelte den Kopf. Er sagte auf Zulu, dass sie keine Post empfangen könnten. Ob er denn Telefon habe, fragte ich. Er rief seine Frau, und sie begannen zu streiten. Ich konnte nicht folgen. Mbufu mischte sich ein und erreichte, dass man mir eine Nummer gab. Wessen Anschluss es war, war mir nicht klar, aber Mbufu sagte, ich solle sie rasch aufschreiben. »Ich behalte sie im Kopf, sag sie mir.«

Ob ich ihr vielleicht noch etwas Geld mitgeben könne, fragte der Mann, der sich als Onkel vorgestellt hatte und immer noch neben uns stand. Ich gab ihm einen Briefumschlag mit nur wenig Geld darin. Bevor sie kamen, hatten wir Geld in Shanlas Tasche gesteckt. Das hatte mir Zanele inzwischen beigebracht: Männern gibt man kein Geld. Shanla würde das Geld hüten und nicht herausgeben. Sie hatte meine Nummern und alle Angaben dabei, und wenn ich woanders hinginge, würde ich versuchen, es ihr mitzuteilen. Als Mbufu vom Plattenweg aus rief, dass sie losmüssten, drückte ich schnell einen Kuss auf ihre Stirn.

Shanla stieg langsam in den Kleinbus. Mbufu küsste mich nicht. Entweder traute er sich nicht in Gegenwart der Leute, oder er hatte einfach keine Lust. Ich ließ mich in den Fahrersitz meines Autos sinken. Ich wollte als Erste abfahren.

Meine Unterlippe zitterte. Damit sie es nicht sahen, winkte ich so heftig wie möglich und verdeckte dadurch mein Gesicht.

Die Morgensonne hatte Mühe emporzusteigen. Normalerweise war es eine Frage von Minuten, heute war kein Ende abzusehen.

Ich wollte mich bei Albert abmelden, ihm mitteilen, dass er vorläufig nicht mit mir zu rechnen brauchte.

Mit Kopfschmerzen ging ich unter die Dusche. Ich dachte an meinen Vorrat an Schmerzmitteln, den ich im Laufe der Jahre sorgfältig angelegt hatte. Wozu lagen sie schließlich an meinem Arbeitsplatz offen herum? Ich würde beim Abtrocknen ein paar schlucken. Ich wusch mich ganz langsam, selbst mein Arm wollte irgendwie nicht. Aber ich durfte mich nicht gehen lassen, schließlich kamen jeden Tag neue Kranke und Verwundete zu uns, am laufenden Band. Ich musste mich zusammenreißen und nützlich sein, mich nützlich machen, wie ich es zu Hause gelernt hatte. Taumelnd trat ich aus der Dusche. Ich schlug ein Badelaken um mich und verknotete es in Brusthöhe. Ich schaute in den Spiegel. Diesen Blick hatte ich lange nicht gesehen.

Ich bückte mich. Sie lagen im Badezimmerschrank. Als ich mich aufrichtete, begann ich zu schwanken. Ich atmete tief ein und schluckte sie schnell mit Leitungswasser.

Neben dem Waschbecken lag ein Kamm, aber ich wollte nicht länger in den Spiegel schauen. Der große Kamm brachte meine Frisur in Form, ohne dass ich das Resultat sah. Es kam auch nicht darauf an. Ich ließ mich aufs Bett fallen. Anziehen, mich anziehen.

Ich hatte die Vorhänge nicht aufgezogen. Aber auch nicht ganz zugezogen. Die Sonne stand inzwischen hoch am Himmel. Ein weißer Streifen Licht fiel auf mein rechtes Bein. Ich dachte an Zanele, daran, wie die Sonne sie einmal zu einer Weißen gemacht hatte und wie schön ich das fand.

Die Tabletten halfen nicht. Vielleicht sollte ich versuchen, meine Erinnerungen zu verjagen.

Ich ging hinunter in die Küche. Es stank. Irgendetwas musste zu lange gelegen haben. Meine schwere Stirn an den Kühlschrank gelehnt, wartete ich, dass das Wasser kochte.

Ohne dass ich es gehört hatte, war der Knopf herausgesprungen. Ich nahm den Kocher und goss Wasser über das Kaffeepulver. Ich rührte lange. Die Kopfschmerzen wurden immer schlimmer. Ich ging ins Wohnzimmer. Vor dem großen Fenster zum Garten blieb ich stehen, den warmen Becher in den Händen. Das Gras war zu hoch, um die Pflanzen hatte sich niemand gekümmert. Sie hatten Durst. Eindeutig Durst. Ich könnte den Eimer holen, den Zanele als Gießkanne benutzte, dachte ich, während ich in den stillen Garten schaute. Ich nahm einen Schluck Kaffee. Die Stille des Hauses.

Mich nützlich machen. Nützlich. Ich ließ den Kaffeebecher halb voll stehen.

Ich ging zu dem nackten Mann. In der hässlichen Schale auf seinem Kopf lagen meine Autoschlüssel. Geld musste ich auch mitnehmen. Oder meine Tasche, vielleicht war das einfacher. Sie stand unten an der Treppe und wartete auf mich. Hatte ich sie selbst dort abgestellt? Als ich mich bückte, knickten mir fast die Knie ein. Ich erschrak über meine Schwäche. Ich sah die mageren Beine eines Kindes. Eines kleinen Kindes.

Dennoch bewiesen diese Beine unerwartete Kraft, als ich am Lenkrad saß. Viel zu schnell nahm ich die Kurve, bekam den Fuß nicht vom Gaspedal und schoss auf die Sandpiste. Als ich die große Straße erreicht hatte, nahm ich Kurs aufs Krankenhaus. Ich parkte dicht am Haupteingang. Ein junger Bettler kam hinkend auf mich zu, ich kannte ihn, gab ihm zwei Rand.

Ich ging ins Gebäude.

Ein Widerwille stieg in mir auf. Warum musste ich immer weiterarbeiten? Für wen? Noch nie hatte ich mich das gefragt. Für wen, um Himmels willen? Ich fühlte Schweißtropfen unter meinem Pony. Ich bekam keine Luft mehr. War es wärmer als gewöhnlich?

Ich bekam Ohrensausen. Ich musste raus aus dem Krankenhaus, aber ich hatte Dienst. Auf dem Weg zu meiner Station merkte ich, wie ich immer langsamer wurde. Meine Beine wurden schwer, gleich würden sie einknicken.

Mit großer Mühe schaffte ich es, mich um hundertachtzig Grad zu drehen. Ja, immer weglaufen. Wenn ich es nicht schaffe. Wouter, Papa, Mama. Warum muss man immer versuchen, es zu schaffen? Ich wollte es meinen eigenen Kindern sagen: Dies ist die Aufgabe unseres Lebens. Mein Körper triefte vor Nässe. Die Vorstellung, dass jeder es nun mal schaffen muss. Beim Anblick des Haupteingangs bekam ich wieder etwas Luft.

Der bettelnde Afrikaner unterhielt sich mit anderen, niemand bemerkte mich. Meine schweren Beine liefen zurück zum Auto. Sie wollten einknicken, zusammenbrechen. Ich hasste diesen Körper, der mir so zu schaffen machte. Kraft hatte ich nur noch in der rechten Hand, die das Schlüsselbund schier zerdrückte. Ein Schlüssel grub sich tief in meine Haut. Ich spürte nichts. Nur Sehnsucht.

Festhalten. Wenn du mich festhältst, kann ich mich loslassen. Ich öffnete die Tür und stieg ein.

Mein Kopf fiel in den Nacken, lehnte sich an die Kopfstütze. Er fragt, wovor ich denn solche Angst hätte.

»Nichts, vor gar nichts.«

Er streichelt meine Wange.

Ich spüre seinen fragenden Blick.

Dass Zanele nicht mehr da sei, erzähle ich, er habe sie weggeholt von mir, all die Jahre dachte ich, er würde mich holen, aber er hatte Schlimmeres mit mir vor, er nahm Zanele mit. »Und ruhig schwebt er weiter, am Himmel, zwischen den Sternen, und manchmal auch auf der Erde, zwischen den Menschen, den Tieren.«

Vorsichtig streicht er mir die Haare aus dem Gesicht. Ich weiß es nicht sicher, aber ich habe es gefühlt, er hat mein Gesicht berührt. Das bedeutet, dass er da ist. Er muss mich festhalten, mich beschützen. Mein Körper bebt, ich wage nicht, mich zu bewegen.

Jemand klopfte ans Fenster. Freundlich, als hätten wir etwas miteinander zu tun, lachte der junge Bettler und bleckte dabei sein Zahnfleisch. Schwitzend saß ich hinter dem Lenkrad, den Autoschlüssel noch in der Hand. Ich bedeutete ihm, dass er nichts mehr zu erwarten habe. Er rührte sich nicht. Obwohl mir die Beine zitterten, musste ich zusehen, dass ich wegfuhr.

Ohne mich nach dem Wasserlassen abzuwischen, ging ich auf den Flur. Auch meine Hände hatte ich nicht gewaschen. Ich öffnete die Küchentür, und sofort schlug mir der Gestank von faulendem Abfall entgegen. Mein Blick fiel auf den Mülleimer. Wie oft hatten meine Füße … Jetzt war er bestimmt voller Ratten.

Es fühlte sich an wie ein enormer Druck auf den Augen. Ein Klopfen unter meinem Pony. Verdammt, ich hörte etwas. Hatte ich die Haustür nicht ordentlich zugemacht? Nein, ich hörte etwas auf dem Plattenweg. Wer konnte jetzt noch über unseren Plattenweg laufen?

Schritte. Ich hastete zur Küchentür, die nach draußen führte. Mit Mühe schloss ich sie auf. Ich sah nichts Ungewöhnliches.

Ich spürte meine Beine kaum noch, ich musste mich einen Augenblick hinsetzen, hier auf unserem Plattenweg. Meine Knie knickten ein. Das Gesicht in den Händen – fast nur noch Backenknochen zu spüren.

»You here?«

Ich schrak auf.

Ich kniff die Augen halb zu und hob die rechte Hand gegen die Sonne. Er stand mir im Licht, ich sah ihn nur verschwommen.

Wieso ich so schlecht aussähe. Ich wusste nicht, wie ich aussah. Es wurde wieder still auf unserem Plattenweg, ich spürte seine Unruhe.

Ob er mich ins Haus bringen solle. Ich schüttelte den Kopf. Ich saß gut, ich brauchte nirgendwohin gebracht zu werden.

Ich sah sein Gesicht unter der Baseballkappe, unrasiert wie immer. Er blickte verwundert. Ich wollte ihn bitten, sich einen Augenblick hinzusetzen, hier auf den Plattenweg, neben mich, endlich bei Tage. Er war so hoch, so groß. Er stand und ich saß, aber ich konnte nicht aufstehen, ich hatte keine Kraft. Was wollte er hier?

Ob er mir etwas zu essen oder zu trinken bringen solle, fragte er.

Ich lächelte, die trockenen Lippen zusammengepresst. Ich wohnte hier, wenn ich etwas wolle, würde ich es mir holen. Dieser Körper brauchte nichts.

Er setzte sich neben mich. Vergnügt zog er etwas aus seiner Hosentasche, ich konnte nicht sehen, was es war. Erst als er die Faust öffnete und es mir vor die Augen hielt, begriff ich, weshalb er gekommen war. Shanla hatte es offensichtlich vergessen. Ja, sie hatte es wieder mitgenommen aus dem Krankenhaus. Die roten Steinchen glitzerten in der Sonne.

»Ten rand, or maybe twenty, I will get.«

Ich verwandte meine ganze Kraft darauf, es ihm aus der Hand zu reißen. Er wehrte mich ab und hielt mich so fest, dass es beinahe schmerzte. Er schob das Armband schnell wieder in die Hosentasche. Aber er ließ mich nicht los. Ruhig blickte er mich an, während seine rechte Hand mein Haar zur Seite schob.

Mein Kopf glitt auf seine Schulter. Er sagte, er müsse wieder gehen, und stand auf.

So sehen Nachtmenschen bei Tage aus.

Mit geschlossenen Augen legte ich den Kopf an die Hauswand. Ich spürte die wärmenden Sonnenstrahlen auf meinem Gesicht, ich zitterte. Ich hörte, wie er zum Abschied grüßte.

Ich würde sitzen bleiben, bis die Hitze mich vertriebe.

Das Eisentor fiel zu, und ich hörte etwas klirren. Das Schlüsselbund seiner Mutter.

Mir wurde klar, dass ich selbst gar keinen Torschlüssel besaß.

Natürlich, ich benutzte das Tor nicht, aber ich musste doch wenigstens den Schlüssel haben. Er hatte ihn mitgenommen, und wer weiß, von wem ich dann mitten in der Nacht Besuch bekommen würde. Ich richtete mich auf, hastete zum Tor und schrie wütend hinter ihm her. Er ging weiter. Gegen den Wind anschreiend, rüttelte ich wie verrückt am geschlossenen Tor. Mein Kopf schlug gegen das Eisen. Ich spürte es nicht. Ich schlug stärker, die Schläge mussten durch meinen Körper schwingen.

Wieder hatte er mir gezeigt, dass ich nichts war, nichts bedeutete.

Ich musste hoch, durfte nicht nachgeben.

Ich tat ein paar Schritte und öffnete die Küchentür. Mein Körper wollte nicht wieder hinein, er hatte da nichts zu suchen.

Als ob er hier noch etwas zu tun hätte.

Der Plattenweg war kein Verbindungsweg mehr. Totenstille, bis auf die Geräusche meines Magens. Leere wie am wolkenlosen Himmel. Keine tänzelnden Füße. Der Türknauf glitt mir aus den Fingern. Kein Zigarettenpapier. Alles leer. Hier würde ich zurückbleiben. Zitternd. Mein Atem ging schneller. Zuerst nur in der Kehle, dann durch den ganzen Kopf. Ich versuchte es zu beherrschen, aber ich hatte es nicht unter Kontrolle, und mein Herzschlag nahm denselben Rhythmus an. Auch das Zittern wurde heftiger. Die Leere ringsum ängstigte mich. Ich würde verlieren, die Kraft des Nichts war zu stark. Mir schwindelte. Jemand musste mir helfen. Ich stolperte zum Tor. Ich hätte sie nicht gehen lassen dürfen. Ich bekam keine Luft mehr. Wo bist du? Sie werden sie vernachlässigen. Mama, wo bist du? Meine Kehle war wie zugeschnürt.

Nach Atem ringend, erreichte ich das geschlossene Tor. Ich hätte niemals weggehen dürfen. Hätte es wagen sollen, gemeinsam mit ihm. Er wollte es wagen. Ich rüttelte ein paarmal am Tor. Mit den Fäusten am Eisen versuchte ich mich irgendwo festzuhalten. Ich schrie in den Wind, aber niemand hörte mich.

Ich wurde ausgelacht. Laut ausgelacht. Sofort ließ ich das Tor los. Meine Hände zitterten und mein Herz kannte kein Gleichmaß mehr, ich fürchtete, dass es sich zu Tode klopfte, hier auf unserem Plattenweg. Lauter und lauter. Ich legte mich flach auf den Bauch, um mein Gesicht auf die Steinplatten zu pressen. Er durfte nicht sehen, wie ängstlich ich war. Wer ich war. Angst vor meiner Angst. Die Berührung der Platte, auf der ich so unbekümmert gesessen hatte, schmerzte. Niemand durfte es sehen. Mein Gesicht schabte über die raue Platte. Ich schürfte mir die Haut auf.

Halb aufgerichtet, hob ich den Kopf. Mit der rechten Hand betastete ich mein Gesicht. Mein Herzschlag machte mir Angst, dem war ich nicht gewachsen. Wenn ich nicht umfallen wollte, musste ich es bis zur Wand schaffen. Nun, da ich saß, bekam er mich immer fester in den Griff, seine Hände versuchten, mir die Kehle zuzudrücken. Ich drohte zu ersticken.

Die Atemnot nahm zu, es strömte kaum noch Blut zum Kopf. Mein Körper begann zu zucken.

Das war meine Strafe. Ich hatte mich selber nicht behütet. Irgendjemand nickte, ich wusste nicht, wer, aber irgendjemand nickte. Unter meinen Kleidern verbarg sich ein triefend nasser Körper, kalte Tropfen liefen mir über die Wangen. Mein Pony klebte an der nassen Stirn, zitternd strich ich ihn beiseite. Das Gelächter wurde ohrenbetäubend, eine mächtige Stimme begann zu sprechen.

Diese Stimme, jetzt wusste ich es. Sieh nur her, sprach der Gott Afrikas, du kannst dich doch nicht mehr verstecken.

In meinem Herzen fing es an zu stechen, sein Lärmen erfüllte mich. Noch nie war er so nahe gewesen. Mein nasser Kopf sank zwischen die Knie, die mit aller Kraft versuchten, die Ohren zuzudrücken, aber nichts half gegen sein vernichtendes Lachen, nichts.